LA HACHE D'ABORDAGE

TOME PREMIER

20 Centimes. — Algérie, Colonies et Étranger : 25 Cent. (Port en plus)

Collection A.-L. GUYOT, 6-8, rue Duguay-Trouin, Paris

45

LA HACHE D'ABORDAGE

PAUL FÉVAL FILS

LA HACHE D'ABORDAGE

TOME PREMIER

PARIS
Collection A.-L. GUYOT
6 et 8, rue Duguay-Trouin, 6 et 8

LA HACHE D'ABORDAGE (1)

PREMIÈRE PARTIE

JUSTICE SE PAIE !

I

L'émoi de Mlle Obusier

L'hôtel meublé de Mlle Obusier jouissait depuis fort longtemps déjà d'une assez triste réputation.

Située aux environs du cabaret du Chat Noir, au centre de cette rue commerçante et peuplée de têtes chaudes qui devaient se révolter contre les décisions de l'édilité en placardant des affiches portant ces mots : « Ici, rue de Laval » lorsque le nom de Victor-Massé allait se montrer sur les plaques indicatrices, la maison de Mlle Obusier ressemblait à toutes les maisons meublées d'ordre inférieur.

Pourtant, chose particulière, au lieu de donner dans le vestibule, le bureau de l'hôtel s'ouvrait sur le palier du premier étage et servait de chambre à la patronne, qui avait déserté le rez-de-chaussée par crainte de l'humidité et des rhumatismes « qui en sont la conséquence directe », disait-elle.

Ce bureau-chambre, contenant un lit en noyer verni, une table du même bois, quelques chaises, le vaste fauteuil à oreillettes où l'opulente patronne faisait quotidiennement sa sieste, et, à droite de la porte, en entrant, le casier numéroté contenant le courrier des locataires.

Alexandre, le garçon d'hôtel, faisait son appartement de l'ancien bureau du rez-de-chaussée où était la planchette portant les flambeaux et les clefs des différentes chambres ; mais malgré la grande confiance qu'il avait su inspirer à la propriétaire, celle-ci, pour se rendre compte des entrées et des sorties, n'en avait pas moins fait installer un assez coûteux système électrique qui, reliant la planchette du bas au casier de sa chambre, lui indiquait le moment exact où chaque locataire prenait ou replaçait sa clef.

Si Mlle Obusier s'était permis cette dépense luxueuse, c'était plus par jalousie que par scrupule professionnel. Comme elle ne pouvait voir les allants et les venants, le soir, par sa porte vitrée, un rideau rouge la protégeant contre les regards indiscrets du palier, elle avait employé ce moyen de contrôle pour empêcher Alexandre de s'esquiver la nuit : une clef devant forcément être prise ou replacée à son clou chaque fois que la porte de la rue faisait entendre sa sonnerie.

Or, Mlle Obusier, que son garçon Alexandre appelait tendrement Oliva, dans l'intimité, et qu'il qualifiait aussi de « riche nature », était, à vrai dire, une phénoménale personne. Ayant toujours eu des propensions à grossir, elle était arrivée à la quarantaine, cet âge heureux où les tendances de ce genre se développent avec tant de laisser-aller, et avait acquis les rondes proportions d'une élégante futaille bordelaise. Aussi, ne quittait-elle plus guère son lit que pour s'écrouler dans son fauteuil.

Avec cela, Mme Obusier avait un cœur volcanique; elle était jalouse comme un tigre.

Vous pensez bien que, dans ces conditions, toute réjouissante qu'elle pouvait être, la fonction de mari de la reine n'était pas une sinécure.

Alexandre aurait pu vous le dire.

Il était onze heures du soir, lorsqu'un homme jeune et mis avec élégance, quoique sans prétention, débouchant par la rue des Martyrs, arriva devant l'hôtel de Mme Obusier.

Il allait tirer le bouton du timbre, mais, s'étant appuyé par hasard contre la porte, celle-ci, qui n'était qu'entrebâillée, s'ouvrit.

L'homme pénétra dans le vestibule et, de là, dans le bureau d'Alexandre où brûlait une veilleuse.

Le garçon d'hôtel n'était pas dans son lit. Profitant sans doute de la sortie d'un des locataires, il avait laissé la porte entr'ouverte et était allé faire des traits à son Oliva, dans le voisinage où ces occasions pullulent.

Notre inconnu semblait n'avoir aucunement besoin de sa présence ; sa main alla directement à la planchette qu'elle tâta à l'endroit marqué n° 15.

— Tiens, fit-il au bout d'un instant, voilà qui est bizarre... Bah ! j'étais si pressé, j'aurai oublié de descendre ma clef en partant, et mon heureux voisin n'en aura eu que plus de facilité pour accomplir son excursion amoureuse.

Il alluma un flambeau au feu de la veilleuse et se prit à gravir l'escalier, constatant, sur le carré du premier, que la lumière de la patronne n'était pas encore éteinte.

— Bonne soirée, murmura-t-il en continuant son ascension ; d'abord Emilia Daltès m'a offert son amitié et, si dégradé que je sois, j'estime qu'elle ne pouvait faire mieux... L'amitié d'une telle femme doit relever un homme. Secondement, le baron, dans lequel je n'ai pourtant pas une confiance absolue, a pris à tâche de me détromper sur ses intentions. Hôtel, cheval, voiture, que diable ! c'est de la fraternité toute pure...

Il se prit à sourire, parce qu'une idée pleine de promesses venait d'entrer dans son cerveau.

— Hé ! hé ! poursuivit-il à part lui, j'aurais quelque plaisir à connaître le troisième bonheur qui va m'arriver, puisque, d'après les bonnes gens de mon pays, comme d'après le baron lui-même, il n'y en a jamais deux sans trois.

L'inconnu venait d'arriver au sixième, il alla directement à la porte n° 15, sur la serrure de laquelle était la clef.

Il ouvrit.

Mais il y était à peine entré qu'un cri terrible, cri de stupeur et d'épouvante, partait de cette chambre, allant glacer d'effroi les locataires encore éveillés, et faisant bondir hors de leur couche ceux que le sommeil avait déjà pris.

Puis la porte du numéro 15 s'ouvrit de nouveau avec fracas, livrant passage à l'étranger qui, la tête nue, les cheveux dressés sur le crâne, les yeux hagards, encore sous le coup d'une vision horrible, se précipita dans l'escalier qu'il descendit comme une trombe, et pénétra sans frapper dans la chambre où Mlle Obusier. Celle-ci, couchée depuis longtemps, achevait, les larmes aux yeux, la lecture d'un roman d'amour.

La brusque irruption du nouveau venu la fit sursauter, mais, dans les dispositions d'esprit où la laissait sa lecture, elle n'éprouva aucune crainte ; s'étant déjà fait ce judicieux raisonnement, qu'un jour ou l'autre, une âme sœur de la sienne, sous la forme d'un homme jeune, beau et bien fait de sa personne, viendrait lui offrir son cœur et sa vie en échange du bénéfice de ses tendresses.

— Oh ! oh ! fit-elle en minaudant à la façon des chattes hydropiques ; quelle inconvenance, monsieur le marquis. Les gentilshommes, vos illustres aïeux, auraient regardé à deux fois avant d'accomplir une telle forfaiture : franchir le seuil du gynécée où s'abrite la candeur d'une demoiselle seule et sans défense.

Ainsi parlait, à certaines heures, Mlle Obusier qui n'avait jamais été à l'école, mais dont la nature sentimentale s'était laissée aller à suivre les cours de langue française d'un professeur très répandu qui a nom : le roman-feuilleton.

Celui qu'elle avait appelé M. le marquis s'était laissé tomber sur une chaise et demeurait sans voix, le regard perdu dans le vide, les mains agitées d'un tremblement convulsif, le front chargé d'une sueur abondante.

Alors seulement Mlle Obusier constata l'agitation de son visiteur silencieux et, se souvenant à propos d'une légende à dormir debout qu'on lui avait contée la veille, elle demanda avec un sourire sceptique :

— Auriez-vous vu votre mort, monsieur le marquis, que vous voilà dans cet état ?

L'interpellé, retrouvant soudain la parole, répondit d'une voix creuse :

— Non, mademoiselle, mais je viens de voir un mort...

— Un mort ?

— Un homme assassiné !...

— Ah ! mon Dieu ! où cela demanda la grosse demoiselle déjà moins brave.

— Là-haut !... dans ma chambre !

Mlle Obusier pensa qu'une syncope serait de circonstance, mais la peur ne calcule pas et, se jetant au bas de son lit, elle se mit à crier à tue-tête :

— A l'assassin !... Au meurtre !

Sa voix, aiguë comme celle d'un grand nombre de gens obèses, envahit l'hôtel ainsi qu'un discordant bruit de scie.

Alexandre, le garçon, rentrait justement de sa petite excursion ; il crut prudent de dissimuler son absence par une preuve de vigilance et répéta, comme un écho, l'appel de sa patronne à la porte de la rue.

L'étranger ne bougeait plus ; assis sur sa chaise, la tête entre ses mains, il semblait ne rien entendre, ne rien comprendre.

Mlle Obusier criait toujours et s'habillait à la hâte sans s'occuper de la présence du marquis.

En un instant, tous les locataires, que le premier cri avait déjà mis sur leurs gardes, furent sur pied. Les passants envahissaient l'entrée de la maison, et le cabaret du Chat Noir s'était subitement vidé, sa clientèle ayant pris l'hôtel d'assaut.

Pendant quelques instants, un siècle ! ce fut un

brouhaha, un tohubohu indescriptibles, tout le monde voulant savoir au juste ce qu'il y avait, et chacun renseignant son voisin sur ce qu'il ignorait lui-même.

Seul, le marquis ne se préoccupait pas du tumulte et demeurait étranger à tous les racontars ; aussi les privilégiés qui étaient parvenus à se glisser dans la pièce que Mlle Obusier décorait du titre pompeux de « gynécée » le regardaient-ils avec défiance.

— Messeigneurs, disait le patron bien connu de l'institut de Montmartre, qui s'était emparé sans façon du fauteuil de Mlle Oliva et pontifiait au milieu d'un cercle de jeunes Gaulois très en barbe ; messeigneurs, sauf avis contraire, je propose un ban pour ramener le séduisant sourire sur les lèvres de mademoiselle notre hôtesse.

Et au signal donné par l'homonyme du maître de ces académiciens, par cet autre Rodolphe de taille imposante, dont l'*Amante du Christ* fut la fille, ces joyeux, pour qui rien n'est sacré, allaient peut-être entonner le fameux : « Oh ! là, là, c'te gueule, c'te binette'... » Mais ils eurent l'heureuse inspiration de n'en rien faire, car les magistrats qui arrivaient auraient pu prendre en mauvaise part cet irrévérencieux chant d'accueil...

II

La hache d'abordage

Vers minuit moins un quart, le commissaire de police de la rue Bochard-de-Saron se présenta escorté de deux agents. Peu après, une voiture amenant le procureur de la République, le juge d'instruction et le chef de la sûreté, tous trois en habits noirs, s'arrêta devant l'hôtel.

Par un heureux hasard, ces messieurs, qui ne se dérangent ordinairement pas à pareille heure, étaient ensemble à une soirée officielle lorsqu'on les avait avisés du crime et ils avaient décidé d'aller assister aux constatations sur-le-champ.

Le commissaire de police serra les mains de son chef et salua ceux qui l'accompagnaient.

— Vous n'amenez pas de médecin, messieurs? demanda-t-il.

— Non, répondit le chef de la sûreté; deux chez lesquels nous sommes passés étaient absents comme par fatalité, et nous avions pensé que vous-même...

— Je n'ai pas été mieux servi dans mes recherches, fit avec dépit le commissaire; on peut encore essayer.

Et se tournant vers les nombreux curieux qui étaient là comme à un spectacle, il ajouta :

— Se trouve-t-il un médecin parmi vous ? messieurs ?

— Si vous le permettez, dans une seconde vous en aurez un, dit une voix.

Et un jeune homme étant sorti, il revint presque aussitôt suivant respectueusement un grand monsieur à la longue chevelure grisonnante et très correctement vêtu de noir.

— Monsieur ? demanda le commissaire.

— Le docteur Veshumyd, répondit simplement le nouvel arrivant.

Tout le monde s'étant incliné à l'audition de ce nom très connu des malades et des hommes de science, le commissaire ajouta :

— Je crois que nous pouvons procéder maintenant.

C'était l'avis général. On invita Mlle Obusier, ainsi que son garçon à montrer le chemin, et ces messieurs du parquet et de la police suivirent en priant le docteur de les accompagner.

Les peintres et les poètes se passèrent fort bien de toute invitation pour faire escorte.

Une fois au sixième, tout le monde constata que que porte de la chambre 15 était grande ouverte. A l'intérieur, aucun meuble n'avait été dérangé, tout demeurait dans un ordre parfait.

Le commissaire et le juge d'instruction entrèrent tous deux de front, embrassant l'ensemble d'un regard circulaire.

— C'est singulier, dit le premier en se redressant après avoir examiné la serrure ; je ne vois aucune trace d'effraction de ce côté.

— Peut-être, répondit le juge d'instruction, dont le regard avait été plus loin ; mais, voyez donc la fenêtre... elle n'est qu'entrebâillée... c'est un chemin comme un autre...

— Aïe! aïe! interrompit le commissaire dont le pied venait de buter contre un objet dur et tranchant qui avait entamé le cuir de son soulier; est-ce un piège ?

— Si c'en est un, il n'a pas été mis là à votre intention, et ce pauvre diable pourra peut-être nous le dire.

Son doigt désignait le corps d'un homme qui, couché la face contre le sol, reposait au milieu d'une large flaque de sang et ne donnait aucun signe de vie.

Il ne portait pas de blessure apparente, son paletot avait seulement une sorte de coupure au dos, entre les deux épaules, et sa tête s'appuyait sur le bois d'une porte de placard démontée, contre les charnières de laquelle était venue se blesser la chaussure du commissaire.

— Faites votre devoir, docteur, ajouta le juge d'instruction ; il importe, avant de commencer l'enquête, de savoir s'il y a crime ou suicide.

Le docteur Veshumyd s'agenouilla sur le parquet, et l'index de sa main droite effleura le poignet de la victime.

— Cet homme est mort, dit-il laconiquement.

— Donc incapable de nous renseigner, fit le naïf commissaire.

— C'est on ne peut mieux déduit, monsieur, crut devoir répondre le juge avec un ironique sérieux.

Le docteur Veshumyd, toujours agenouillé, venait de prendre un bistouri dans sa trousse et s'en servait pour entailler le paletot du cadavre, tout autour de la coupure qui zébrait le drap entre les deux épaules.

Le dos une fois mis à nu, les assistants purent voir une énorme blessure, longue de dix à douze centimètres, qui prenait un peu au-dessous de l'épaule gauche pour descendre en biais vers la hanche droite et dont les lèvres boursouflées étaient couvertes de tout le sang caillé qui n'avait pu, en suivant le creux des reins, se répandre dans les vêtements et de là sur le parquet.

— Toute supposition d'accident ou de suicide doit être écartée, dit le docteur en se relevant ; il y a eu crime.

— Pourriez-vous préciser l'heure à laquelle le crime a été commis ? interrogea le commissaire.

— Entre dix heures un quart et dix heures vingt minutes.

— En êtes-vous sûr ? insista le juge d'instruction.

— Très sûr.

— Vous pardonnerez mon insistance, docteur, en apprenant que je considère ce point comme capital... Votre affirmation nous évitera bien des recherches.

— A votre avis, la victime s'est-elle défendue ? Y a-t-il eu lutte entre elle et ses meurtriers ? reprit le commissaire.

— Mon Dieu, messieurs, mon opinion vous sera sans doute d'un bien médiocre secours, mais puisque vous semblez y attacher quelque importance, je vais vous dire, d'après moi, comment le meurtre a eu lieu.

« Tout d'abord, le meutrier, — s'il existe des complices leur rôle était de faire le guet, — qui n'en est

2

pas à son coup d'essai, est une personne fort au courant des habitudes de la maison, un locataire peut-être.

» La victime ne s'est pas défendue pour la bonne raison, qu'étant chargée de cette porte de placard sur laquelle repose sa tête, elle a été frappée à l'improviste et est tombée foudroyée.

« La longueur de la plaie et sa profondeur démontrent que le criminel s'est servi d'un couperet de boucher, d'une hache peut-être. La tuméfaction des chairs autour de la blessure prouve que cette arme n'était pas tranchante, bien au contraire, puisqu'il y a eu compression et que l'épine dorsale, loin d'être tranchée net, ce qui serait très certainement arrivé avec un instrument bien affilé, a eu trois de ses vertèbres écrasées.

« Ces constatations m'amènent tout naturellement à penser que l'instrument du crime n'était pas un objet de service, mais un instrument de panoplie; ornement rouillé de longue date — j'ai relevé des traces de rouille sur les vêtements et dans la plaie. — La force du coup indique un long manche... peut-être une hache d'abordage.

— Tiens, la hache de M. Robert n'est pas à sa place ! s'écria Mme Obusier qui, en entendant parler de panoplie avait jeté les yeux sur le mur.

Jusque là tout le monde avait religieusement écouté le médecin, dont les déductions savantes remplissaient d'admiration les gens du métier. L'interruption de la maîtresse de maison les confondit en leur prouvant sa sagacité.

Le commissaire se frotta, ma foi, les mains.

— Quel est ce M. Robert ? fit-il.

— Le locataire de cette chambre.

— Il a disparu ?

— Je ne crois pas, il était au bureau, en bas, lorsque nous sommes montés.

Le juge d'instruction eut un haut-le-corps.

— Quelle maladresse, s'écria-t-il, avoir le criminel probable sous la main, et le laisser échapper aussi sottement.

Sur son ordre les deux agents descendaient déjà l'escalier quatre à quatre.

Dans le bureau de Mlle Obusier, le marquis était toujours assis sur une chaise, la tête entre ses mains. Quand les deux agents l'interpellèrent, il les regarda sans trouble apparent, se leva et marcha devant eux, dédaignant risquer une observation.

En haut, le docteur reprenait :

— Le coup a été si violent que le malheureux n'a pas souffert. Il était mort avant de tomber. C'est à peine si le jeu de sa physionomie a eu le temps de changer. Son visage doit exprimer la tranquillité ou la stupeur, et non la terreur ni la souffrance, parce que cela supposerait une seconde de vie après le choc...

— Voulez-vous m'aider ? ajouta-t-il en s'adressant au garçon d'hôtel.

Tous deux retournèrent le corps et, quand le visage apparut, on put voir que le docteur Veshumyd avait encore dit juste.

Les yeux du mort étaient hébétés et on y lisait une profonde stupéfaction.

— Mais, c'est M. Francis, dit Mlle Obusier qui s'était approchée du cadavre.

— M. Francis ? fit le commissaire.

— Oui, M. Francis Bordes, le locataire du 17.

— Que faisait-il, ce monsieur? Et y a-t-il longtemps qu'il habitait chez vous?

Mlle Obusier se crut offensée.

— Oh! dit-elle en se redressant, tout cela est consigné sur le registre; notre livre est à jour et en règle, Dieu merci... M. Francis Bordes habitait ici depuis un mois. A vrai dire, on ne le voyait pas souvent... Quant à sa profession, il était négociant en quelque chose.

En ce moment, les deux agents rentraient, accompagnant celui qui était venu révéler le crime à Mlle Obusier. Tous les yeux se tournèrent vers lui, et chacun remarqua qu'il affectait de ne pas regarder du côté du cadavre.

— Votre nom, monsieur, lui demanda le commissaire.

— Robert, marquis du Valdamour, répondit-il.

— Vous êtes marié?

Le marquis sembla hésiter.

— Oui, fit-il enfin avec un tremblement dans la voix.

— Vous aviez des relations de voisinage avec le locataire du n° 17?

— Le locataire du n° 17?... Non, monsieur, je ne le connais même pas.

— Est-ce vous qui avez poussé un grand cri vers onze heures?

— C'est moi... Je venais de rentrer et, en ouvrant la porte de ma chambre...

— Permettez! interompit Mlle Obusier vivement, M. du Valdamour est revenu à dix heures et non pas à onze.

— Vous vous méprenez, mademoiselle, s'écria le marquis stupéfait.

— L'avez-vous vu rentrer à l'heure que vous indiquez ? demanda à la patronne le juge d'instruction.

— Vous vous méprenez, répéta le marquis.

— Non pas, monsieur, et j'affirme pour la seconde fois ce qui est. D'ailleurs, on ne peut pas me tromper; en descendant, ces messieurs verront mon avertisseur, qui me donne des certitudes mécaniques.

— Mais, mademoiselle, je puis vous prouver le contraire, fit le malheureux, qui ne comprenait rien à cet entêtement.

Il y eut un moment de silence, et le commissaire de police, voyant que le juge ne disait mot, sur un signe du chef de la Sûreté, reprit son interrogatoire :

— A quelle heure aviez-vous quitté votre chambre?

— A huit heures... Un de mes amis étant venu me prendre...

— Le nom de cet ami ?

— Le baron Thermes de Paray... Donc, le baron étant venu me chercher, nous nous rendîmes tous deux chez Mlle Emilia Daltès, place Malesherbes. Un peu avant dix heures, le baron nous quitta, au reçu d'un billet qui l'appelait ailleurs sans doute. Moi-même, vers dix heures et demie, je pris congé de Mlle Daltès. Sur le boulevard je rencontrai mon ami qui revenait me prendre et il m'a reconduit jusqu'ici.

— Directement ?

— Pas tout à fait; nous nous sommes arrêtés quelques minutes à la Terrasse du café de la Paix.

— Où demeure votre ami ?

Cette question, à laquelle il devait pourtant s'attendre, parut plonger le marquis dans un profond embarras.

— Eh bien ! vous ne répondrez pas ? fit à son tour le chef de la Sûreté.

— Vous me croirez si bon vous semble, messieurs, murmura le marquis, mais je ne connais pas le domicile du baron.

— Entre amis intimes... c'est tout au moins étrange, dit le juge d'instruction. Et, lorsque vous êtes rentré, qu'avez remarqué d'anormal ?

— Tout : ma clef et mon bougeoir n'étaient point à leur place, ma porte était entr'ouverte et, en la poussant, j'ai jeté un cri en voyant un homme étendu sur le plancher au milieu d'une mare de sang...

— Et vous vous êtes enfui ; et vous avez été avertir votre propriétaire du crime que vous veniez de découvrir, continua le juge d'un ton railleur. Je connais cela, c'est un système. Il peut être habilement combiné ; mais, moi, je trouve qu'il n'a pas le sens commun... Vos déclarations ambiguës et vos hésitations me mettent dans la nécessité de faire procéder à votre arrestation...

— M'arrêter, moi ? gémit le marquis avec un effroi réel ; et pourquoi, monsieur ?

— Pour que vous ayez à répondre du meurtre de cet homme qui a été tué chez vous, avec un instrument à vous que l'on n'a pu retrouver... Il faut le temps de constater vos assertions et d'établir l'authenticité de l'alibi que vous invoquez.

— Mais, monsieur, si j'avais été coupable, j'aurais pu fuir.

— C'est vrai, cela, appuya Mlle Obusier, qui réfléchissait au préjudice que cette déplorable affaire allait causer à la *bonne réputation* de sa maison.

— C'était vous dénoncer, et vous avez préféré

jouer au plus malin avec cette bonne justice dont la myopie est proverbiale... Au fait l'instructien nous révèlera probablement les mobiles de votre conduite... M. le commissaire, faites votre devoir.

Sur un signe du commissaire, les deux agents vinrent se placer aux côtés du marquis et l'entraînèrent vers la porte.

Dans le couloir, M. du Valdamour s'arrêta tout à coup. Son pied venait de buter contre un objet qui avait rendu un bruit métallique.

Un des agents se baissa et ramassa une hache énorme, dont la lame fortement entamée par la rouille, était entièrement couverte de sang.

— La hache de Cacatois ! fit avec hébêtement le marquis du Valdamour en la voyant.

— La hache de Cacatois, murmura le juge, qui était accouru au bruit, quel est ce nouvel imbroglio ? Qu'est-ce que Cacatois ?

Mlle Obusier n'était plus là, personne ne lui répondit.

Pendant tout le long interrogatoire que nous venons de rapporter, le docteur Veshumyd était resté immobile et silencieux, les yeux constamment fixés sur ceux de M. du Valdamour. Au moment où les deux agents disparaissaient emmenant leur prisonnier, il s'approcha du juge d'instruction.

— Ecoutez, monsieur, lui dit-il.

— J'attends, répondit le magistrat, voyant que son interlocuteur restait silencieux.

— Ecoutez la voix du peuple.

De la rue on entendait monter une sourde rumeur:

— A mort, l'assasin ! à mort !

C'était à l'instant où les deux agents embarquaient leur prisonnier.

— La foule, reprit le docteur Veshumyd, la foule est une bête inconsciente qui dévore, sans les regarder, les victimes qu'on lui jette, parce qu'elle a foi en ceux qui sont chargés de fournir à ses repas... L'heure est avancée, mais la foule attendait... elle vous savait là... Eh bien sincèrement, qui croyez-vous avoir envoyé en prison, ce soir ?

— Ma foi, M. le docteur, je ne m'explique pas cette question ; sans doute, vous connaissez d'avance ma réponse : je crois y avoir envoyé un meurtrier... Et vous ?

— Moi je suis certain du contraire, vous venez de flétrir un innocent !

. . . .

En sortant de l'hôtel afin de gagner le domicile de la malade pour laquelle il était sorti de chez lui, le docteur Veshumyd repassait dans sa tête tout ce qu'il venait de voir, et concluait énergiquement à l'innocence du marquis.

Soudain, il s'arrêta stupéfait et presque effrayé parce qu'une voix creuse venait de dire près de lui :

— L'assassin ! lui ! c'est lui !...

Le docteur sonda l'obscurité de la rue et finit par distinguer, à portée de sa main, pelotonné dans l'angle d'une porte cochère, un grand corps maigre, sorte de squelette vivant vêtu de loques, dont les deux yeux, brillants comme des lampyres, fixaient un point dans le vague et dont les lèvres, agitées d'un tremblement convulsif, murmuraient des mots sans suite dont la signification devait être effrayante à en juger par l'expression d'horreur qui était sur le visage du pauvre diable.

Le docteur se préparait à l'interroger, lorsque le

squelette vivant, de plus en plus agité, reprit d'un ton sourd :

— J'ai vu... ne lui dites pas!... l'assasin... la valise... l'or... Il a tué, tué, et tué!... Valparaiso est loin... la tempête gronde... Ah! la hache du capitaine Berr!... Mort, le banquier! l'*Armor* sombre... morts, les matelots!... et le mousse, le pauvre Cacatois, mort aussi...

Le docteur demeurait pétrifié. Quel était le sombre drame dont ce malheureux parlait?

— Ah! la hache! la hache du capitaine Berr... continua le squelette..., ici..., là..., tout près..., dans la chambre..., et l'homme! ah!... As... as... assassin!...

C'était terrible, en vérité, le docteur en avait de la sueur aux tempes. Maintenant il voyait fort bien qu'il existait une sorte de lien entre le crime de l'hôtel meublé et cette histoire de tout un équipage tué pour une valise... et de l'or.

Comment savoir? Il fallait d'abord soigner ce malheureux qui, après avoir jeté son dernier mot en un cri, se tordait maintenant, l'écume sanglante à la bouche, en proie à une crise nerveuse.

Un fiacre passait. Aidé du cocher, le docteur y fit monter le pauvre homme et donna son adresse : 3, rue Colbert.

Sa malade l'attendit en vain ce soir là.

III

Proposition étrange

Quelques jours avant la scène que nous venons de raconter. vers huit heures du soir, un homme s'arrêtait devant le restaurant Bignon, avenue de l'Opéra.

Ses vêtements dénotaient la misère la plus noire, cette misère pénible de l'homme encore riche hier, que le seul regard d'un passant trop curieux fait rougir.

Malgré son accoutrement minable, dont un revendeur n'eût pas donné trois francs, et qui se composait d'un chapeau de soie aux reflets rougeâtres, d'une redingote râpée jusqu'au fil, d'un pantalon déplorablement enflé aux genoux, ce qui prouvait un service respectable, de bottines éculées et de gants d'une fraîcheur douteuse, cet homme était charmant avec sa figure pâle, ses yeux bruns, pleins de douceur et de bonté.

Son regard, traversant les glaces du restaurant, à un endroit où les guipures des rideaux ne joignaient pas, fixait avec amour une table dont le garçon venait de charger la nappe, et auprès de laquelle s'asseyait une jeune femme dont la merveilleuse beauté avait attiré l'attention des soupeurs et même de la caissière qui, à son entrée, n'avait pu commander à ses yeux de voiler leur expression qui tenait le juste milieu entre l'admiration et la jalousie.

Nous devons avouer que la jalousie de la caissière avait sa raison d'être, puisque la pauvre fille, n'étant pas même jolie, comptait quelques admirateurs parmi les clients lorsqu'elle était seule de son sexe dans la salle.

Machinalement, et en attendant ce qu'elle avait commandé, la belle jeune femme, très pressée sans doute, battait la mesure du bout de ses doigts mignons sur la table et n'interrompait cet agréable passe-temps que pour froncer les sourcils, en regardant l'heure à une montre minuscule dont l'or disparaissait sous les pierreries.

Cette montre était enchâssée dans un bracelet de filigrane qu'elle portait à son poignet gauche et tranchait admirablement avec la chaude couleur de la peau de ses bras, que des manches mi-courtes laissaient libres.

— Ces garçons vont me faire manquer mon entrée, murmura-t-elle avec impatience.

Mais cette mauvaise humeur ne tint pas et elle eut un sourire radieux à cette pensée qui lui passait par la tête.

— Il ferait beau voir qu'on osât mettre la Daltès à l'amende.

Cette supposition, qui lui paraissait atteindre le plus haut degré de l'impertinence comique la réjouit si fort, qu'elle ne vit pas le garçon arrivant vers elle. Elle manqua renverser son potage par un geste d'insouciance gamine, que n'eût pas désavoué un joyeux enfant de la balle. C'était comme la réponse à sa réflexion.

On n'eût su dire, en vérité, si le pauvre beau

diable, dont l'œil était collé contre la glace séparant la salle du restaurant de l'avenue, admirait plus sincèrement la ravissante jeune femme que le potage appétissant qui fumait maintenant dans son assiette et sur lequel la Daltès soufflait, en faisant une moue de dépit des plus séduisantes.

Qu'il fut amoureux ou famélique, l'homme de l'avenue paraissait subir un supplice autrement cruel que celui de Tantale. Il allait s'éloigner à regret, lorsqu'il pivota brusquement sur ses talons parce qu'une main lourde venait de se poser sur son épaule.

Sa volte-face le mit en présence d'un vieillard de haute taille qui lui fit à brûle-pourpoint cette question bizarre :

— Avez-vous des préjugés, monsieur Robert du Valdamour ?

Le pauvre beau diable, qui était bien en effet le marquis Robert, et dont toute la personne affichait la misère, toisa son interlocuteur avec stupéfaction.

— Monsieur ! commença-t-il.

— Vous allez m'accuser de mauvaise plaisanterie, n'est-ce pas ? interrompit l'autre. Eh bien ! non, marquis, faites-moi grâce de ces grands mots qui n'ont d'effet qu'au théâtre... Je suis on ne peut plus sérieux ; je ne plaisante jamais... Aussi, dès l'instant où vous vous blessez pour si peu, daignez agréer mes excuses... D'ailleurs, si je vous posais cette question, c'était par intérêt pour vous...

— Par intérêt pour moi ?... fit Robert, auquel l'âge et l'air sérieux de son interlocuteur en imposaient.

— Certainement.

— Et voudriez-vous m'expliquer comment ?

— J'ai la ferme intention de vous être agréable... Ayant cru remarquer votre assiduité à suivre du regard la Daltès...

— Vous la connaissez ?

— Assez pour lui présenter quelqu'un.

— Hélas ! murmura Robert avec découragement, je n'ai plus ce qu'il faut pour obtenir un tel bonheur !

— Peut-être, insinua son interlocuteur. Qu'en savez-vous ?

Le jeune marquis se toucha le front comme si cette étrange rencontre lui faisait craindre la folie.

— Enfin, monsieur, dit-il au bout d'une minute, quel rapport peut-il y avoir entre l'amour que vous avez cru découvrir en moi pour Mlle Daltès et votre question de tout à l'heure ?

— Quel rapport ? Ah ! que vous êtes jeune, marquis !... En amour, voyez-vous, les préjugés sont les pires ennemis, et l'amoureux qui veut la victoire doit faire peu de cas des préventions mesquines dont est toujours semée sa route... Mais, au fait, j'y songe, vous déplairait-il de souper avec moi ?... A votre âge, on a toujours de l'appétit, particulièrement...

— Particulièrement ?

— Lorsque le déjeuner date de la veille ! termina le grand vieillard en soulignant chacun de ses mots.

Robert rougit jusqu'aux oreilles et se serait très certainement mis en colère sans la crainte qu'il eut d'amasser le ridicule en même temps que les passants.

— Vous dépassez le but, monsieur, fit-il à voix basse. Je ne sais qui a pu vous renseigner si merveilleusement sur les secrets de ma vie privée. Votre agent aurait dû vous apprendre aussi que je n'ai encore demandé mon pain à personne.

Il tourna les talons pour prendre congé, et, néanmoins, resta cloué sur place, parce que l'autre disait avec indifférence :

— Voyez donc la Daltès, je vous prie. Elle bâille, la pauvre femme, et quand une femme bâille, elle s'ennuie ; c'est dans l'ordre... Savez-vous à quoi songe Emilia ?

Ce nom d'Emilia caressa l'oreille du marquis comme un velours et oubliant instantanément sa récente fureur — les amoureux sont parfois lâches, — il répondit :

— Non.

— Elle songe à l'amour.

— A l'amour, répéta ingénuement Robert.

— Eh oui ! c'est encore dans l'ordre. La Daltès a tout ce qu'une femme peut désirer : jeunesse, beauté, talent, fortune ; les adulateurs, les admirateurs et les soupirants ne manquent pas autour d'elle, et cependant elle a le cœur vide !... Quel dommage que vous ayez des préjugés.

A cette répétition inattendue, Robert ne put s'empêcher de sourire.

— Décidément, vous en voulez donc bien à ma conscience ? fit-il.

— Oh ! si peu... Je veux un ami dans lequel je pourrais avoir la même confiance qu'en moi-même, qui n'aurait d'autres soucis que les miens, d'autre volonté que ma volonté. C'est beaucoup cela, surtout si l'on considère que mes secrets me resteront personnels ; mais, en échange, je vous donnerai la fortune dont vous êtes avide, la femme que vous souhaitez, le logis qui vous manquera bientôt, le pain qui vous fait déjà défaut !... Libre à vous de refuser et de conserver votre liberté pour mourir... Le bonheur est un spectre, il s'évanouit quand on veut le saisir, et l'occasion est chauve : raison de plus pour saisir le cheveu qui lui reste, si le hasard vous le met sous la main... Je sais bien que vous avez le droit de partir pour la Morgue; la rivière y conduit ; mais avant d'entreprendre un tel voyage on a besoin d'être lesté... Vous déplairait-il de souper avec moi ?

On a dit et répété bien des fois que l'amour fait taire la faim.

En le disant à notre tour, une fois de plus, nous serions sans doute approuvé par les jeunes filles romanesques et les veuves sur le retour ; pourtant la vérité nous oblige à affirmer que l'amour, si élevé qu'il soit, n'a jamias privé d'appétit que les êtres maladifs.

Lutter contre les lois de la nature est un non sens.

L'homme qui a faim perd ses facultés et la bête qui est chez lui à l'état latent, montre alors le bout de son nez. S'il réussit à garder les apparences, des contractions nerveuses lui démantibulent à tout instant la mâchoire, et cette façon de faire sa cour n'est pas, que nous sachions, celle qui doit avoir le plus de chance de succès auprès des dames.

Robert du Valdamour était martyrisé par une folle passion pour Emilia Daltès, la splendide créature que nous venons de voir assise à une table chez Bignon. Cependant, au risque de passer pour un être matériel, nous avouons, en toute sincérité, que cette passion ne l'empêchait pas d'éprouver dans l'estomac des tiraillements, que l'odeur des mets s'échappant du restaurant, ne faisait qu'accroître.

Ah! certes, le pauvre garçon n'était pas un ogre; oh! non, mais il se mourait d'inanition parce qu'il avait déjeuné d'une fiction le jour même et que son dîner de la veille s'était fait en rêve.

Ah! si la Daltès avait su!

Car la Daltès était une grande et généreuse personne, un cœur d'or.

Dans le silence qui suivit, le malheureux Robert se répéta mentalement les paroles de l'énigmatique vieillard qui lui offrait la fortune, la femme qu'il aimait et... de quoi manger.

De quoi manger!

— Soit, dit-il, j'accepte votre invitation. Au surplus, j'aurais mauvaise grâce à refuser puisqu'elle m'a été faite par deux fois.

— Allons donc à la Paix, répondit l'étranger. Ici, nous n'aurions que des rogatons et là-bas nous serons mieux pour causer.

Ils s'avancèrent vers la bordure du trottoir où stationnaient un coupé et une élégante victoria.

Robert monta dans le coupé sur l'invitation de son compagnon, qui lui-même prenait place sur les coussins au moment où Emilia Daltès, sortant du restaurant, gagnait la victoria près de laquelle un groom attendait ses ordres.

— Allez! ordonna le vieillard à son cocher.

— Allez! faisait en même temps la Daltès.

Les deux équipages partirent du même train, semblant lutter de vitesse.

Le vieillard leva lentement son chapeau, et la Daltès lui répondit par une légère inclination de tête.

Cependant, quoique le cocher du coupé rendît les rênes, tandis que son collègue de la victoria retenait à toute force ses chevaux, cette dernière ne tarda pas à prendre de l'avance et tournait déjà l'angle de la rue Scribe, auprès du massif bâtiment de l'Opéra quand le coupé s'arrêta devant le café de la Paix.

— Du diable ! si je sais où elle va chercher ses chevaux, murmura le compagnon de Robert ; il n'y a pas un second attelage dans Paris pour pouvoir lutter avec le sien.

Ils entrèrent tous deux dans le café, montèrent au premier et gagnèrent un cabinet particulier.

Nous ne ferons pas la description de ce cabinet qui ressemblait d'ailleurs à tous les autres du même genre.

Le cabinet particulier, prison du Tendre, qui fait le rêve de tous les collégiens et de toutes les galériennes de l'amour, a pour geolier un monsieur grave et poli, chaussé d'escarpins peu bruyants, vêtu d'un habit noir sans basques, qui répond généralement au nom d'Auguste ou de Charles et de Jules plus souvent encore.

Charles est le protecteur des arts ; il encourage le gommeux idiot, pousse la demi-mondaine insolente au sacrifice et méprise également les deux clients qui le commisssionnent, l'une en nature, l'autre en argent.

Jules glisse par mégarde les meilleures pièces sous le papier de la note en rendant la monnaie, et Auguste trouve le moyen d'ajouter le numéro du cabinet au total de l'addition, quand les caissières écrivent illisiblement.

Tous trois ont leurs petits bénéfices et se font — au café de la Paix, en particulier, — des journées de 30 à 40 francs.

En prenant place à table, Robert du Valdamour examina curieusement son singulier amphytrion.

Comme nous l'avons dit, c'était un homme de haute taille, portant de soixante à soixante-cinq ans. Sa chevelure grisonnante formait le fer à cheval autour d'une calvitie rejoignant le front. Ses yeux bruns, profondément encadrés dans les orbites que surmontaient d'épais sourcils, brillaient comme deux lampes mobiles. Ses pommettes saillantes et anguleuses, sa moustache en brosse, son nez busqué, ses lèvres minces et pâles formaient un ensemble assez saisissant.

Ajoutons qu'il était taillé en athlète et que ses prunelles, tout à la fois fuyantes et fixes, donnaient à sa physionomie un mélange bizarre de franchise et d'astuce.

En toute autre circonstance, Robert se serait méfié de cet homme; en tout cas, il lui eut fait un accueil bien différent, mais alors il avait faim et les objections de sa raison ne pouvaient avoir beau jeu.

— Monsieur, murmura-t-il, vous avez un avantage sur moi.

— Vous voulez sans doute parler de l'expérience que me donne mon âge, marquis ?

— Pas précisément... Vous connaisssez mon nom, moi j'ignore le vôtre.

— N'est-ce que cela ?... Rétablissons donc l'équilibre. On me connaît sous le nom du baron Therme de Paray.

Le jeune homme, que le peu de vin qu'il venait d'absorber commençait à échauffer, grâce à sa sobriété forcée des jours précédents, s'écria en riant :

— Voulez-vous toujours acheter ma conscience, monsieur le baron Therme de Paray ?

— Oui, répondit l'autre d'un ton sec. Pourquoi ?

— Parce que je vais vous la vendre.

Le baron plongea ses yeux dans ceux de son convive et sous la flamme aiguë de ce regard acerbe et froid, Robert, perdant toute sa gaieté se sentit mal à l'aise.

— Vous croyez donc avoir une conscience, vous ? repartit avec sarcasme le baron.

— Je pense, monsieur, que vous voulez rire.

— C'est contraire à ma nature, je crois vous l'avoir déjà fait entendre... Par exemple, si vous rencontriez quelqu'un qui, sur un motif futile, aurait abandonné sa jeune femme et son enfant au berceau pour se ruiner avec des drôlesses et qui, finalement, sait mendier encore l'amour à l'heure où sa bourse plate ne lui permet plus de payer, quel bien penseriez-vous de cet homme, monsieur du Valdamour ?

Robert avait soudain passé du rouge cramoisi à la pâleur de la cire.

— Ah ! vous n'ignorez rien de ma vie passée, s'écria-t il, et je suis bien le misérable dont vous parlez... Alors, à quoi voulez-vous en venir ?

— A ceci : en achetant votre conscience je ferais une affaire de dupe, monsieur du Valdamour.

— Soit, monsieur, n'en parlons plus.

— Ne croyez pas que le marché soit rompu, bien au contraire, je veux seulement vous montrer le faible et le fort et ne pas avoir l'air de vous forcer la main. Réfléchissez ; je vous donne toute la nuit ; vous ne me répondrez que demain

Il leva son verre en ajoutant ·

— A la santé de votre idole, bel amoureux !

Robert rendit raison sans enthousiasme et le repas se termina en silence.

Au moment de se séparer, le baron lui dit :

— A demain, dix heures du soir, je vous attendrai au square de la Trinité.

— Bien, monsieur, j'y serai, répondit le jeune homme en s'éloignant.

IV

Quand on élève sous cloche

Le boursier de la hausse qui monte un jour sur le siège de sa voiture tandis que son cocher de la veille, qui jouait à la baisse, par mépris naturel des idées de son maître, prend place sur les coussins; le professeur qui devient chiffonnier, le prêtre qui jette sa robe aux orties, la femme qui fuit le domicile conjugal, la vieille marquise qui va roucouler sous le masque au bal de l'Opéra et la jeune héritière d'un concierge qui, du pied, enlève le chapeau des messieurs en dansant le cancan, sont ce qu'on nomme des déclassés.

Il n'y a que Paris pour faire vivre ces gens-là et les tuer.

Mais si la généalogie des déclassés se subdivise en un nombre considérable de rameaux, la souche ne soutient en réalité que deux maîtresses branches dont l'une est formée par des gens qui, partis de bas, grimpent, on ne sait pourquoi, au sommet de l'échelle sociale, et l'autre, par ceux qui, du sommet de cette échelle, où les plaquait leur naissance ou leur fortune, descendent au dernier échelon.

Le marquis Robert du Valdamour appartenait à cette dernière catégorie et était un fatal exemple des mauvais fruits que rapporte une éducation faussée.

Privé de son père dès ses premières années, il devait comprendre plus tard que, si loin de l'aile maternelle, l'enfance est considérée comme un malheur, cette idée doit s'adresser particulièrement aux filles, qui y respirent cet air bienfaisant dont le souffle teinte leurs joues de rose et leur fait deviner la pudeur en leur donant la grâce.

Pour un garçon, ce nid charmant doit s'entr'ouvrir de bonne heure. L'apprentissage de la vie doit commencer pour lui le jour où le duvet se change en plume, et, dès lors, l'autorité d'un père et son expérience sont nécessaires, sinon les désillusions briseront l'enfant; ses qualités lui seront plus funestes que ses défauts. Il ne saura résister aux tentations sans nombre qui viendront l'assiéger et tombera de si haut que la honte viendra se joindre au défaut d'énergie pour l'empêcher de se relever.

Jusqu'à dix ans, le jeune Robert fut élévé par sa mère en véritable petite fille et ce fut à cet âge seulement que la marquise songea à son éducation.

Ardemment chrétienne, sévère dans ses principes, elle ne pouvait admettre que des enfants soient couchés, par dizaines dans la prosmicuité d'un dortoir, « parqués comme des bestiaux », ainsi qu'elle disait, et si elle avait eu l'idée de se séparer de son fils, cette seule pensée lui aurait fait repousser l'internat au collège.

Avec des principes aussi entiers elle devait forcément en arriver à vouloir surveiller le moindre soupir de l'enfant, et, toute réflexion faite, elle lui donna comme précepteur le curé du petit village du Valdamour, qui était sur ses terres.

Ce curé était bien le plus excellent homme qui fut sur terre, sa vie solitaire l'ayant poussé vers l'étude, il s'était peu à peu transformé en un puits d'érudition, mais il ne connaissait rien des choses d'ici-bas, et son ignorance de la vie, eut pu concourir sans désavantage avec celle des enfants à la mamelle.

Pendant plusieurs années, ses journées entières furent employées à verser un peu de ses sciences sur le cerveau de Robert.

Au cours des longues promenades qu'il faisait avec son élève, pour lui enseigner la botanique et l'astronomie, après le latin et le grec, si parfois le jeune homme lançait dans la conversation le nom de Paris qu'il avait vaguement entendu prononcer et lu sur la couverture de ses livres, l'éloquence indignée du bon prêtre éclatait comme une boîte à mitraille, éclaboussant tout.

— Paris ! s'écria-il, Paris ! Ah ! que parlez-vous de Paris, monsieur le marquis ? C'est la Babylone moderne, cent fois plus pervertie que l'ancienne ! C'est la ville de perdition ! C'est l'antichambre de l'enfer !

Et il continuait longtemps sur le même ton, ne manquant pas de faire de cette ville maudite le tableau le plus triste, et se doutant fort peu que ses torrents de mépris exaltés produisaient sur cette jeune cervelle l'effet diamétralement opposé à celui qu'il en attendait.

Plus il disait de mal de la capitale et plus Robert se promettait mentalement d'aller la voir.

A vingt-deux ans, malgré les bouillonnements qu'il avait parfois senti gronder en lui, Robert était encore vierge de corps et d'âme tant la vieille marquise avait su ne pas relâcher d'un instant la surveillance dont elle l'entourait, redoutant à l'égal d'un crime les rares occasions qu'il aurait pu rencontrer dans ce pays perdu au fond des Côtes-du-Nord.

Ainsi donc ce garçon, élevé sous cloche, à la façon d'une fille bien gardée, et dès longtemps homme par la forme et par l'âge, allait entreprendre la vie comme un jeune sauvage qui serait tout à coup lâché au milieu de notre civilisation avancée.

Vers cette époque, la dame du Valdamour mit la dernière main à son œuvre de mère en mariant son fils à la plus charmante et à la plus vertueuse des jeunes filles.

A quelques lieues du Valdamour vivait avec sa tante, dans une petite maisonnette toute blanche, plantée au bord de la mer, une orpheline de seize ans, nommée Yvonne, et dont le père, pauvre gentilhomme breton, avait été chercher au Chili une fortune qu'il n'y avait pas trouvée.

C'était du moins ce que disaient les bonnes langues du pays, s'appuyant sur la pauvreté des deux femmes, mais ce qu'elles ne disaient point, faute de le savoir, c'est que René de Kersaing avait, en effet, fait une très grosse fortune au Chili, s'y était marié et y était mort, ainsi que sa femme, d'une façon tragique, laissant à sa sœur une petite fille de quatre ans et rien de plus, tout ce qui lui restait tombant entre les mains de ses créanciers.

La petite fille était Yvonne.

Mlle Jenny de Kersaing, sœur de René, était revenue en Bretagne avec l'enfant et l'avait élevée, s'entretenant souvent avec elle du sombre drame où son père et sa mère avaient trouvé la mort.

Jamais un mot de ce mystérieux événement n'avait transpiré en dehors des murs de la maison blanche.

Dans cette petite maison blanche, il y avait bien un troisième personnage qui vivait de la charité des deux femmes et n'était bon à rien; mais, si nous avons négligé d'en parler, c'est que le pauvre homme — car c'était un homme, — plus grand qu'un mât de cocagne et aussi sec qu'un manche à balai n'offrait aucun intérêt particulier.

Yvonne et sa tante, qui semblaient avoir de l'affection pour lui, l'appelaient d'un nom singulier : Cacatois. Quant aux gens de l'endroit ils le nommaient plus communément Le Diot (l'idiot.)

C'était bien l'être le plus inoffensif de la terre. Il avait réellement le cerveau fêlé, attendu que, au cours de ces crises nerveuses, qui le prenaient assez souvent, il lâchait des mots sans suite parmi lesquels les noms « Valparaiso, Berr et Armor » se mêlaient au mot « assassin ».

Dans les longues courses qu'il faisait à droite et à gauche, tantôt chassant, tantôt pêchant, pour briser ses forces et donner un débouché à la trop grande richesse de son sang, Robert du Valdamour fut un des premiers à s'apercevoir que la petite orpheline Yvonne grandissait et se faisait jeune fille.

Dès lors, ses excursions se portèrent plus particulièrement du côté de la mer, et la marquise douairière, à laquelle il ne savait rien cacher, fut bientôt mise au fait de l'état où se trouvait le cœur de son fils.

Nous devons avouer qu'elle s'en montra charmée.

Là-bas, les maisons bourgeoises sont aussi peu nombreuses que les châteaux, et l'instruction n'ayant été décrétée obligatoire que pour la génération qui pousse, à part l'orgueil de caste, il est rare de voir le manoir voisiner avec la ferme.

Mme du Valdamour connaissait beaucoup Mlle Jenny de Kersaing et sa charmante nièce Yvonne, elle les estimait et disait même que, grâce à leurs manières et à leur conversation recherchée, c'étaient les seules personnes fréquentables de la contrée. Aussi se rendaient-elles mutuellement visite malgré les quelques kilomètres qui séparaient le château de la maison blanche.

Sans l'intervention de la marquise, le roman des deux enfants n'aurait pas dépassé la première page.

Ils s'étaient rencontrés un matin sur la grève, lui les guêtres aux mollets, fusil sous le bras, en tenue de chasseur, elle en jupe courte et jambes nues, comme le nécessitaient ses fonctions momentanées de pêcheuse de crevettes.

En s'apercevant, ils étaient restés comme médusés l'un et l'autre, lui charmé de la beauté d'un spectacle si nouveau, elle rougissante et confuse d'être vue en cet état par un « Monsieur ».

La mer montait. Comme Yvonne ne bougeait pas du rocher sur lequel elle s'était réfugiée, elle s'aperçut assez tardivement qu'elle était déjà entourée par une eau profonde et poussa un petit cri de frayeur.

Oubliant sa timidité devant cette situation dangereuse, Robert se précipita vers le rocher et lorsqu'il saisit Yvonne, presque de force dans ses bras, l'eau lui montait jusqu'à mi-corps.

Un instant après, déposée sur la grève, Yvonne, de plus en plus honteuse, s'enfuyait en laissant à son sauveur un sourire de remerciement. Robert, lui, tout mouillé et chancelant, ainsi qu'un être frappé d'insolation, s'en retournait vers le château la tête en feu, respirant à pleins poumons l'air où il devinait les émanations du corps mignard et parfumé qu'il tenait la minute d'avant pressé contre son cœur.

A la rencontre suivante, ils se saluèrent en baissant les yeux d'un commun accord.

— Bonjour, mademoiselle Yvonne.

— Bonjour, monsieur Robert.

Et la conversation en resta là.

Jamais ils n'en avaient tant dit ni l'un ni l'autre.

Cependant, en poursuivant leur chemin, ils avaient une furieuse envie de se retourner; ils n'osaient pas.

L'amour venait de frapper un superbe coup double et le petit dieu malin s'en étonnait lui-même, n'ayant pas l'habitude de mettre toutes ses flèches dans la même cible.

De ce jour, l'imagination des deux jeunes gens se mit à travailler ferme. Yvonne se suspendait aux brillantes ailes de l'espérance et se laissait entraîner par elles vers le riant avenir, ignorant, la pauvrette, que bien rarement l'avenir donne ce qu'il promet et que les plus beaux soirs ne viennent qu'au déclin des plus vilains jours.

Pour Robert, il passait maintenant toutes ses après-midi au bord de la mer, épiant à la porte de de la petite maison blanche derrière laquelle était son cœur, et lorsqu'au soir il regagnait le château, les larmes lui montaient aux yeux. Il perdait tout espoir dès que la dune s'était interposée entre lui et l'habitation d'Yvonne.

Il ne se doutait guère, le pauvre garçon, qu'une autre barrière bien plus infranchissable que la dune s'élevait entre lui et son amour : c'était l'innocence de la jeune fille et c'était sa timidité personnelle.

Mais la vieille marquise, elle, était une personne peu timide, et dont les difficultés — s'il y en avait eu de sérieuses — n'auraient fait qu'exalter la vaillance.

Très complaisante pour son fils, et d'autant mieux disposée à le servir que, si le jeune homme ne savait pas voler de ses propres ailes et vivait dans un état de végétal dépendant, c'était par sa volonté expresse et grâce à son éducation spéciale, Mme du Valdamour ayant deviné l'état de son cœur résolut d'aller demander la main d'Yvonne à sa voisine, Mlle Jenny de Kersaing.

Toutes réflexions faites, rien ne s'opposait à ce mariage. La différence de position était énorme, c'est vrai, mais son fils devant avoir de la fortune pour deux. Mieux valait donc le voir tomber sur une honnête et pauvre fille de petite noblesse plutôt que de le pousser dans les salons mondains.

Ce renfort, sur lequel ils ne comptaient point, fit plus pour les deux amoureux que plusieurs années de soupirs. Mlle Yvonne de Kersaing devint marquise du Valdamour le jour où elle entrait dans sa dix-septième année.

Cet événement ne changea rien aux mœurs paisibles du château et ne fit que lui amener deux hôtes de plus, la nouvelle marquise et Cacatois, le Diot, Yvonne ayant exprimé le désir de ne point s'en séparer.

Quant à Mlle Jenny de Kersaing, elle voulut rester à la maison blanche, sous le prétexte que sans elle, l'habitation manquerait d'entretien.

Pendant près de deux ans, Robert se donna tout

au bonheur de chérir sa petite marquise qui mit le comble à sa joie en lui donnant une fille.

Mais vivre toujours seul à seul auprès de la même personne n'est pas une existence et, quoique demeurant aussi tendre auprès de sa femme, Robert, commençant à le croire, se reprenait à faire ses longues excursions d'autrefois, lorsque la marquise douairière rendit son âme au Seigneur.

De ce moment les manières de Robert changèrent entièrement, et la petite Yvonne connut les larmes.

Dans l'une de ses excursions, Robert avait fait la connaissance d'une aventurière de Paris, qui était, disait-elle, en villégiature, ne voulant pas avouer que l'air de la capitale lui était devenu malsain à la suite d'une récente aventure.

Cette femme, devinant le gousset du jeune châtelain bien garni, avait immédiatement dressé ses batteries.

Trop peu expérimenté pour pouvoir se défendre avec quelque chance de succès et d'ailleurs plein d'une respectueuse dévotion pour les façons étrangement familières de la « Parisienne » Robert s'était laissé glisser du premier coup.

Seule la crainte de sa mère lui faisait encore garder les apparences.

Par déférence pour lui, aussi par amour, malgré les conseils de sa belle-mère, Yvonne n'avait pas cru devoir prendre en main la direction des affaires de son mari. Confiante comme un ange, ne pouvant douter de celui dont elle portait le nom, elle trouvait tout ce qu'il faisait bien fait, et n'avait qu'une volonté, la sienne.

Pourtant, si la tendre confiance d'Yvonne allait lui faire verser bien des larmes amères, le cadavre de la vieille marquise aurait frissonné dans son cercueil, s'il lui avait été donné de constater les suites déplorables de l'éducation particulière de son fils.

En effet, dès qu'il se sentit la bride sur le cou, et sans attendre même que la terre se soit refermée sur sa mère, Robert, grisé par le grand air comme la plante de serre que l'on met au jardin, affolé par le soleil et par la liberté, ainsi que le poulain captif auquel on montre pour la première fois le pâturage, perdit le peu de raison qu'il avait eu jusque-là.

Sans prévenir sa femme, sans embrasser sa fille, considérant cette action comme une escapade sans conséquence et de peu de durée, il s'envola vers Paris, entraîné par cette aventurière qui connaissait maintenant sa faiblesse et en faisait son bien.

Il s'envola vers Paris, la tête surchauffée de ses rêves d'adolescent et toute bourrée des attaques à fond de train de son vieux précepteur contre cette moderne Babylone, ce vestibule de l'enfer où vivent toutes les houris du ciel de Mahomet et où le veau d'or a son temple.

Le délire qui le possédait dura quinze grands jours au bout desquels, effrayé des sommes relativement considérables que sa maîtresse lui faisait jeter dans le tourbillon de la vie parisienne, il songea à enrayer, et, comme premier acte de volonté, mit l'aventurière à la porte.

Mais, une fois seul, sa raison lui montrant l'inqualifiable lâcheté de l'abandon dans lequel il avait laissé sa femme et son enfant, trop peu énergique pour aller se jeter aux pieds d'Yvonne, seule détermination qui fût raisonnable, il chercha à oublier sa folie en imitant les buveurs qui se figurent trouver la perte du souvenir au fond des bouteilles, et se lança à corps perdu dans de nouvelles dépenses, dans de plus coûteuses excentricités.

Moins de deux ans après, il ne lui restait plus rien de toute cette fortune que la douairière avait estimée suffisante pour deux. Château, forêts, terres et village, Paris avait tout dévoré. Le malheureux pour lequel l'oubli de sa faute, toujours grandissante, n'était pas encore venu, se voyait réduit à vivre dans une chambre d'hôtel meublé.

Sa mère ni son précepteur n'avaient pris le soin de lui enseigner que l'homme qui s'abandonne à toute la véhémence de ses passions se brise forcément contre l'immobilité du grand ordre des choses ; que les plaisirs, tout comme les fleurs, empiètent sur la raison lorsqu'on abuse de leurs parfums.

Un peu avant l'époque de sa ruine complète, Robert étant entré un soir à l'Opéra, non pour y entendre de bonne musique, mais bien pour connaître la Daltès, cette cantatrice vénitienne dont la presse avait été unanime à vanter la beauté et le talent, et dont les débuts avaient eu un retentissant succès, en sortit plus fou que jamais.

Lui qui croyait son cœur à jamais fermé, lui qui regrettait Yvonne comme on pleure le paradis perdu, lui que ses malheurs auraient dû raidir contre un pareil entraînement, s'était enamouré brusquement de cette splendide créature que l'on disait sage et vertueuse, ce qui, par hasard, était vrai.

Cette nouvelle passion, il faut le dire, n'avait rien de commun avec la première. Lorsqu'il pensait à Yvonne, le cœur de Robert se fondait, mais son cerveau devenait fournaise et tous ses sens surexcités prenaient la direction de son être, quand on parlait de la Daltès devant lui.

C'était l'amour des sens, l'amour terrible qui fait les criminels !

Aussi, Robert suivait-il la cantatrice partout, se tenant des heures entières devant son hôtel, l'œil fixé sur ses fenêtres, espérant l'entrevoir.

Jaloux d'elle et jaloux de sa femme tout à la fois, luttant inutilement contre l'horrible misère qui l'enveloppait, mais trop honnête, trop fier pour profiter d'un crédit que ses fournisseurs, grâce à son titre, lui auraient volontiers accordé, ou pour emprunter à ses amis, il maudissait son égarement, rageait contre son impuissance, et commençait à songer à la mort.

Tout s'use ici-bas, la douleur et la joie ; seule la souffrance laisse des traces.

De sa splendeur, de son bonheur passé, il ne restait à Robert qu'un cœur ravagé par d'amers souvenirs et une tête surchauffée par une passion d'autant plus cruelle qu'il pouvait désespérer à bon droit d'être jamais aimé de la Daltès.

Tel était le marquis Robert du Valdamour au moment où il avait été accosté d'une façon si curieuse, par le baron Therme de Paray. C'était une ruine de l'esprit et de la matière. Et ce résultat misérable était dû en grande partie, hélas ! à la faute de sa mère qui l'avait lancé dans la vie désarmé, sans force, sans astuce.

Cette plante de serre s'était courbée vaincue au premier souffle du grand air.

Nous devons ajouter que, durant ces deux années de torture volontaire, Robert n'ayant jamais osé écrire à sa femme, ignorait les événements qui s'étaient passés au château du Valdamour; la disparition de Cacatois, le Diot, quelques jours après son départ à lui et le départ d'Yvonne qui, avec son enfant, était allée retrouver sa tante à la maison blanche.

V

La misère

En quittant le café de la Paix où il avait dîné en tête-à-tête avec cette énigme vivante le baron Therme de Paray, Robert du Valdamour remonta le boulevard jusqu'à la Madeleine, prit la rue Royale, traversa la place, au milieu de laquelle l'obélisque semble un soldat éternellement au port d'armes devant le Palais du Parlement, et se mit à longer les quais, contre le Cours-la-Reine.

Au pont des Invalides il s'arrêta et, les deux coudes sur le parapet, se mit à regarder couler le fleuve dans les eaux d'encre duquel quelques feux follets, qui étaient les reflets des becs de gaz, dansaient une ronde folle.

Avez-vous remarqué combien, la nuit, les eaux courantes qui passent sous vos pieds, lorsque vous êtes sur un pont, donnent le vertige. Même à une très faible distance, elles évoquent l'idée du vide, et pour peu que vous les fixiez deux ou trois minutes, vous aurez grand'peine à vous arracher à leur action attractive.

Robert pensait à cela en regardant courir la Seine.

Cette énorme ventouse pompait son regard et sa volonté.

Et savez-vous ce qu'il se disait ?

Il se disait :

— C'est une bien belle nuit pour mourir !

De fait, c'était une bien belle soirée : à l'air enflammé de la journée avait succédé une douce fraîcheur pleine des parfums qui se dégagent de la terre reconnaissante et rassasiée ; des myriades de veilleuses, clignotantes comme des yeux d'enfants rieurs, éclairaient la voûte céleste.

Mais pourquoi parler de mort lorsque tout sur terre invitait à vivre ?

Le gouffre attirait Robert, son désespoir l'y poussait, il avait horreur de lui-même et son cœur sanglotait intérieurement tandis que son regard vague, fixé sur les eaux sombres, croyait y distinguer une fantastique vision, Yvonne et son enfant, les deux abandonnés.

Mais sa pensée s'étant retournée tout à coup vers Emilia Daltès, l'espérance fit couler du feu dans ses veines et, ranimé par cet espoir sensuel qui venait de naître sur les ruines de son cœur, il s'éloigna du fleuve et regagna son pauvre logis.

Arrivé dans sa chambre, il s'approcha d'une sorte de divan turc sur lequel un homme dont la longueur démeusurée n'avait d'égale que sa maigreur, dormait profondément.

— Hélas ! murmura Robert, ce malheureux s'est attaché à moi comme mon ombre, il voit ma misère et l'augmente sans le savoir... c'est le seul souvenir qui me reste de ma femme...

Il se passa la main sur le front comme pour en arracher de force le chagrin qui voulait y revenir et se coucha hâtivement en appelant à son aide l'image de la Daltès.

Le lendemain, il s'éveilla fort tard et la tête lourde. De hideux cauchemars l'avaient fait tressauter toute la nuit. Il ne s'était un peu reposé qu'à l'aube.

— J'ai faim ! prononça une voix sourde qui semblait partir du ciel de lit.

Robert se retourna et vit, debout, près de sa couche, cet homme long et maigre qui était la veille étendu sur le divan, sa tête osseuse et fluette touchait presque le plafond, son visage était pâle et ses yeux, au regard un peu vague, exprimaient la souffrance. Malgré ses proportions qui tenaient du phénomène, ce pauvre diable avait une mine capable d'inspirer plutôt la pitié que la crainte.

— J'ai faim ! répéta-t-il en portant, d'un geste navrant, ses deux mains de squelette à sa poitrine.

— Ah ! mon pauvre Cacatois, je ne t'ai pas oublié, mais tu aurais dû m'éveiller plus tôt, s'écria Robert, en sautant hors de son lit et en allant à son vêtement, des poches duquel il tira successivement un pain, une cuisse de poulet et un gâteau qu'il avait pu faire disparaître, la veille, au Café de la Paix, sans attirer l'attention du baron.

Le grand corps poussa un cri de joie, se jeta en affamé sur ces victuailles, puis, sans se préoccuper de leur provenance, se mit incontinent à les dévorer dans un coin.

Un moment Robert le considéra avec compassion.

— Pauvre fou, fit-il, aussi fidèle qu'un chien, mais

moins intelligent, car Tom, là-bas, aurait attendu de me voir à table avant de toucher à sa pâtée.

En parlant ainsi, le marquis ne réfléchissait point que Tom, le chien du Valdamour, mangeait à sa faim tous les jours, tandis que le dernier déjeuner du « pauvre fou », comme il l'appelait, était sous la semelle de ses chaussures depuis vingt-quatre heures. Or, comme de ses chaussures à son estomac, la distance était énorme, le dernier déjeuner avait peut-être mis la moitié du même temps à la parcourir.

Tout en s'habillant, Robert essayait de rappeler ses idées. Quand il revit dans tous ses détails la rencontre de l'avenue de l'Opéra et le dîner au café de la Paix qui en avait été la conséquence, il se posa ces quatre questions :

Quel est cet homme ?

D'où me connaît-il ?

Que veut-il faire de moi ?

Irai-je ou n'irai-je pas au rendez-vous qu'il m'a fixé ?

Les trois premières interrogations étaient autant de problèmes insolubles. Quant à la quatrième, si sa méfiance disait : non, sa curiosité répondait : oui.

L'après-midi se passa et, à cinq heures, il n'avait encore pris aucune décision, lorsqu'on frappa à sa porte.

Qui pouvait venir voir Robert ? Jamais il n'avait reçu de visite depuis que son infortune s'était réfugiée dans cette maison garnie.

— Entrez, dit-il.

Ce fut Mlle Obusier, la propriétaire de l'immeuble, qui entra. Elle était rouge et la sueur qui inondait son visage prouvait les efforts héroïques qu'elle avait dû faire pour venir jusque-là. Aussi son premier soin fut-il de se laisser tomber sur une chaise en soufflant comme un phoque.

— Monsieur le marquis, dit-elle assez froidement aussitôt que l'usage de la parole lui revint, vous voudrez bien me faire le plaisir de renvoyer votre *idiot*. Il épouvante mon chat et ne me laisse pas très tranquille. D'ailleurs ces chambres sont faites pour un seul locataire.

— Aussitôt que le numéro 17 sera libre, je le louerai pour lui, mademoiselle.

— Vous louerez ! vous louerez ! s'écria Mlle Obusier. Ah ! dame, c'est bientôt fait de dire ; mais vous feriez mieux de lui donner à manger, à ce fou qui dispute à Minette le mou de veau que j'achète pour elle, et qui me regarde avec des yeux d'anthropophage... On n'est plus en sûreté ici ; si vous le faites jeûner comme un dogue de garde, quelque jour il nous mangera, moi ou Alexandre... Et puis, comment voulez-vous payer la chambre voisine, vous qui ne payez même pas la vôtre ?

— Mademoiselle ! balbutia Robert en rougissant jusqu'aux oreilles.

— J'étais venue pour vous dire, continua celle-ci sans s'émouvoir, j'étais venue pour vous dire que, bien à regret, je me verrai dans l'obligation de vous faire refuser votre clef si vous ne payez pas le mois échu.

— Demain matin, vous serez payée, répondit le marquis en retrouvant quelque dignité.

— C'est bon, c'est bon, acheva la patronne en se levant et en se radoucissant un peu.

Elle passa la porte, majestueusement, et ajouta avant de la refermer :

— Surtout n'oubliez pas... J'aurais gros cœur à vous mettre dehors !

Quand elle fut partie, Robert se tourna vers l'angle où se tenait habituellement Cacatois et, ne le voyant pas, il s'appuya sur son lit, donnant libre cours à son découragement.

La réalité lui apparaissait dans toute son horreur.

Il se vit, la nuit, errant à l'aventure dans les rues de Paris ; puis arrêté et assimilé aux vagabonds, lui le marquis du Valdamour.

Lui le marquis du Valdamour à qui le logis et le pain manquaient à la fois !

Une immense tristesse l'envahit ; il fut pris d'un dégoût profond de lui-même et une nausée lui monta du cœur aux lèvres, en songeant à sa lâcheté de la veille ; humilié d'avoir pu trouver un prétexte pour éviter à son corps le contact des eaux du fleuve, ce suaire glacial des désespérés.

Il prit dans un tiroir le seul bijou qu'il eût conservé, le seul dont il n'avait pas voulu se séparer même dans sa plus cruelle détresse. C'était un médaillon de forme ancienne, un médaillon d'or enrichi d'une double rangée de perles fines au milieu desquels souriait le visage charmant d'une jeune femme ou même d'une jeune fille dont le front sans nuages disait la sérénité et le bonheur. Elle était habillée richement, mais selon une mode bizarre.

Quoique Robert n'eut jamais connu l'original de cette miniature, sa vue fit jaillir une larme de ses yeux.

C'est que le médaillon enfermait les traits de la mère d'Yvonne, et qu'Yvonne était le vivant portrait de sa mère.

— Yvonne ! murmura-t-il, ma belle, ma bonne, ma sainte petite femme !

Son cœur ne regrettait qu'elle. L'enfant qu'il avait abandonné au berceau ne lui laissait que des souvenirs confus ; il n'avait pas eu le temps de sentir grandir en lui ce sentiment qui domine tous les autres, l'amour paternel.

Il se laissa tomber à genoux et, n'osant accuser celle à laquelle il devait la vie, il s'écria dans la désolante conscience de son incapacité à se défendre lui-même :

— Mère ! pourquoi n'es-tu pas restée près de moi ?

Comme tous ceux qui souffrent, il redevenait enfant. L'évidence de sa faiblesse le reportait vers le souvenir de ce temps passé où une autre volonté que la sienne agissait pour lui, où toute espèce d'initiative lui était même défendue.

Ah ! que ce temps était loin, plus loin que le pays natal, aussi loin que sa mère et enterré avec elle.

L'esprit peut ne point garder mémoire des empreintes qu'on s'est efforcé d'y tracer, mais ce qui a été gravé au cœur reste : c'est l'indélébile.

Remontant lentement le cours de son enfance, de sa jeunesse, il en arriva à ce moment de sa vie où, tout rêveur, il partait chaque matin du château, ne s'arrêtait qu'au bord de la plage, près de la baie qui entourait la petite maison blanche et plongeait son regard à travers le feuillage.

Elle n'était pas toujours là, *elle*, et cette absence le peinait et le satisfaisait tout à la fois parce que, sa timidité étant très grande, il avait besoin de se préparer longtemps à l'avance pour ne pas rougir outre mesure et ne point paraître démesurément gauche.

Alors, pour se donner de l'aplomb, il évoquait la première vision qu'il avait eue sur la plage : la petite pêcheuse de crevettes surprise sur son rocher et, dans sa confusion, se laissant gagner par la marée montante; puis, son entrée en scène à lui, sa rapide intervention, ce corps souple et brûlant qu'il avait emporté contre son cœur.

Après de telles réflexions, il se croyait bien en garde et se cuirassait de suffisance. Pourtant dès que le petit jupon rouge de la pêcheuse paraissait à l'horizon, il demeurait interdit, blémissait, rougissait, passait par toutes les couleurs et finalement prenait la fuite pour ne pas laisser voir à celle même qui était toute tremblante, la profondeur de son émotion.

Le tableau changea. Il était marié ; alors que de bonheur.

Hélas ! pourquoi l'homme ne sait-il jamais conserver son bien ?

Le tableau changeait encore. Horreur ! une sorcière déguisée en lutin le prenait par la main, jetait un voile sur sa pensée, lui arrachait le cœur comme un meuble inutile et l'entraînait vers Paris, la ville de l'éternel sabbat, le « vestibule de l'enfer. »

La sorcière le faisait entrer dans une salle pleine de lumières, le forçait à s'asseoir devant une grande table verte, et vidait ses poches devant lui. Un individu lançait des paroles incompréhensibles, un autre, armé d'une sorte de coupe-papier géant, ratissait tout son or.

Il était ruiné, il se sentait devenir fou.

Puis c'était l'effondrement final, la main de Dieu qui lui rendait ce que lui-même avait fait. Il était seul, abandonné dans une misérable chambre d'hôtel dont les meubles dépareillés, rapiécés, maculés, gardaient les traces des attouchements de tout un peuple d'indifférents.

Et, ironie du sort! le seul compagnon qui lui fut resté dans son infortune était un fou, un fou pour lequel sa femme avait beaucoup d'amitié et qui l'avait suivi à Paris, il ne devinait pas comment. Or, ce malheureux était incapable de pourvoir à ses besoins et lui, par un reste de cœur, s'était imposé la charge d'y subvenir et de supporter sa présence dans sa chambre, ne pouvant mieux faire.

Le marquis du Valdamour en était là de son rêve, lorsque ses yeux se portèrent sur la pendule en zinc doré qui, depuis longtemps sonnait ses heures de misère.

En hâte il prit son chapeau et descendit vivement l'escalier.

Les pendules d'hôtel ou de maisons meublées ont ceci de commun avec l'horloge du Palais de Justice qu'elles retardent toutes les fois qu'elles n'avancent pas. Mais, le plus souvent, leur mouvement est au grenier, de sorte que les aiguilles ne manœuvrent qu'à la main, ce qui est économique, rationel et n'induit jamais en erreur.

Il ne faudrait pas déduire de ce fait que les pendules d'hôtel sont inutiles. Non, leur présence est aussi nécessaire que celle de l'horloge au Palais.

Par la déroute de ses aiguilles, cette dernière indique à tout passant combien la justice est boîteuse. Quant aux autres, elles constituent l'ornement indispensable d'une cheminée au marbre disjoint, fendu, éraillé. Cet ornement mal calé, sur un soc de bois sale, garni de velours de coton et recouvert d'un globe où les mouches ont laissé, depuis le déluge, de nombreuses traces de leurs ébats, complète la hideur d'un ameublement hétéroclite qui se reflète dans une glace marbrée de plaques d'humidité, striée de noms et enserrée dans un cadre veuf de sa dorure.

VI

Le pacte

Persuadé qu'il était très en retard, Robert courut presque tout le temps en descendant la rue Pigalle. En débouchant sur la place de la Trinité ses yeux se portèrent sur le clocher de l'église et il constata, non sans étonnement, que la demie après cinq heures n'était pas encore sonnée.

Sa course l'avait mis en moiteur et, malgré la température élevée, en ralentissant son allure il sentit un frisson lui courir à fleur de peau.

— Oh ! murmura-t-il, moitié sardonique moitié sérieux, c'est encore toi, mon ventre. Décidément, tu deviens trop bavard, trop gourmand... Sybarite, va !

On se souvient qu'il n'avait rien voulu garder pour lui-même de ses provisions du café de la Paix et que Cacatois, le Diot, avait confisqué le tout à son profit. Maintenant, il essayait de se railler lui-même en sentant que son abnégation désintéressée n'était pas appréciée de son estomac.

Robert fit le tour de la balustrade du square et y entra ; mais comme, à cette heure, le jardin était entièrement envahi par les garçonnets, les fillettes et les nourrices, qui s'y trouvaient chez eux, force fut de continuer sa route jusqu'aux degrés qui donnent accès au parvis, de les gravir et d'entrer sous l'ombre de la voûte qui soutient le clocher.

Là il se mit à faire les cent pas, pour tromper l'attente, sans remarquer qu'un vieux monsieur, dissimulé derrière un pilier, l'observait attentivement.

Peu à peu, Robert étendit son va-et-vient des premières maisons de la rue de Clichy jusqu'à celles de la rue Blanche. Tout à coup, le regard fixe, il traversa cette dernière rue. Ses yeux étaient invinciblement fascinés par la vitrine d'une boutique qui portait ces mots pour enseigne :

COMPTOIR DES FONDS PUBLICS

ACHAT ET VENTE DE TOUTES VALEURS

COMPTANT ET TERME

Coupons, prêts sur titres, renseignements gratuits

Derrière le vitrage grillagé, trois ou quatre sébiles chinoises, pleines de pièces d'or de tous calibres et de toutes provenances, se prélassaient sur des monceaux de valeurs et de billets de banque.

Le sang du marquis lui monta au visage. D'un geste inconscient sa main crispée tâtait le côté droit de sa redingote qu'un portefeuille bien garni gonflait autrefois... il y avait si longtemps.

La vue de cet or, de ce papier, lui donnait des idées malsaines, le grisait au point qu'il en oubliait la souffrance des indigents qui commençait à le reprendre.

Cependant, son fond honnête, se révoltant contre la basse cupidité dont il se sentait envahir, il reprit le chemin de la voûte pour s'arracher à cette fascination irritante.

L'horloge ne marchait point à son gré; l'heure semblait rester stationnaire.

Poussé par une main invisible il revint une seconde fois à la même place, et son regard se reposa encore sur toute cette richesse ironiquement offerte.

Maintenant la porte était ouverte, les employés voulaient de l'air et, tout contre le guichet de la caisse, un jeune homme, appuyé sur la planchette extérieure, comptait des liasses de billets de banque, alignait des chiffres, puis passait par le guichet des paquets de papier soyeux dont il avait marqué le nombre.

La sonnerie d'un timbre retentit.

Le jeune homme, posant précipitamment sa plume, s'élança vers une porte, au fond, qui séparait les bureaux du cabinet du directeur.

Le courant d'air qui résulta de l'ouverture de cette porte fit voltiger plusieurs feuilles et une liasse épinglée quittant la planchette vint choir aux pieds de Robert.

Rien qu'en prenant la peine de se baisser, le misérable gentilhomme avait le logis et le pain assurés pour quelques mois, car, comme par une providentielle entente, pas un seul passant ne se montrait dans cette rue si fréquentée d'ordinaire.

Robert du Valdamour pensait à cela et pourtant il restait immobile, la torture de Tantale n'était rien auprès de celle qu'il supportait à présent, ses oreilles tintaient, ses yeux brûlaient, ses paupières papillotaient, il avait au front la sueur froide des agonies.

La porte du fond s'ouvrit à nouveau, livrant passage au directeur que suivait le jeune homme.

Robert se baissa.

— Vous désirez quelque chose? lui demanda le

directeur, homme de trente-cinq ans, à la barbe en pointe, au sourire ironique mais bienveillant.

— Vous remettre ceci, qu'un second coup de vent aurait pu jeter au ruisseau, répondit simplement Robert, en tendant, avec une dignité sereine, la liasse de billets au directeur.

— Merci, monsieur, fit celui-ci stupéfait en recevant la liasse.

Puis, comme le marquis s'éloignait, s'adressant à son commis :

— Voilà un pauvre diable qui a plus d'honnêteté que de mine ; je lui aurais donné deux sous... une autre fois, monsieur, vous prendrez soin de fermer la porte quand vous ferez vos comptes, beaucoup de gens bien mis eussent été moins scrupuleux, et vous n'ignorez pas que vous eussiez payé la différence.

La tête basse, Robert retournait à pas pressés vers la Trinité, lorsqu'il se heurta contre un homme venant en sens inverse.

— Peste ! pour quelle belle occasion avez-vous donc pris vos bottes de sept lieues, M. du Valdamour ? lui dit cet homme.

Robert s'était arrêté, reconnaissant la voix du baron Therme de Paray.

— Mais pour le rendez-vous que vous m'avez donné hier, répondit-il, je craignais vous faire attendre.

Le vieux baron eut un sourire intraduisible, et, prenant familièrement le marquis sous le bras, ils se mirent à descendre la Chaussée-d'Antin sans mot dire. Sur le boulevard, ils montèrent dans un restaurant de nuit et s'attablèrent dans une salle vide.

— Mon jeune ami, fit alors le baron, nous allons causer sérieusement si vous n'y voyez point d'obstacle.

— Il s'agit toujours de l'achat de ma conscience, bien entendu ? repartit Robert pour se donner une contenance.

— Seriez-vous enfin décidé à faire l'affaire ?

— Sans doute ! autrement, pourquoi serais-je ici, mais, entre nous, monsieur le baron, c'est un exécrable marché que vous allez faire là. Ma conscience ne vaut pas le diable.

— Hé ! hé ! reprit en riant le baron, j'étais personnellement de cet avis hier au soir, j'aurais mauvaise grâce à le cacher, et le fait est que je la croyais plus mauvaise... Savez-vous que, tout à l'heure, à votre place, un autre se serait peut-être laissé tenter...

— Quoi !... Vous m'avez vu ?

— Et qui mieux est, entendu.

— Ah ! et que concluez-vous de cela !

— Monsieur du Valdamour, je suis particulièrement bien placé pour juger les faiblesses humaines, surtout celles de ce genre, dont j'ai moi-même fait l'expérience...

En pronançant ces mots, la voix du baron était descendue jusqu'au murmure, ses paupières s'étaient baissées pour cacher l'éclair qui jaillissait de son regard.

— Je conclus donc, continua-t-il plus haut, que, ce soir, vous avez résisté à la tentation, mais que, demain... au fait, qui sait ?

Le visage de Robert s'empourpra.

— Je serai mort avant de descendre si bas, dit-il.

— Soit ! fit avec un profond scepticisme le baron. Alors, dites-moi donc pourquoi, hier, vous ne vous êtes pas jeté à la Seine ?

— Vous m'avez suivi !

— A quoi bon, mon jeune ami ? Après notre conversation, il n'y avait pas d'autre voyage sentimental à faire ; le bord de l'eau était tout indiqué... Eh bien ! vous ne répondez pas ?

Je vais vous l'apprendre moi, pourquoi vous ne vous êtes pas suicidé. C'est parce que le courage vous a manqué. Non que le courage vous fasse entièrement défaut, mais, dans ces moments-là, tout dépend d'une intime lueur... Il suffirait d'une épingle pour arrêter, sur une rampe, le plus lourd camion, attelé de huit percherons.

Vous ne vous êtes pas lancé en plein fleuve, marquis, parce que l'amour ancien qui vous y poussait ne valait pas, en force, l'amour récent qui vous retient à la vie. Que voulez-vous, il y a de ces stupides empêchements à la mort. Hé ! hé ! il serait passablement naïf celui qui s'en irait sans jouir de son reste. Ami, je vous approuve. Les sens parlent haut chez vous, ils vous ont dit : « possède d'abord ! » et vous voulez obéir à cette injonction. C'est parfait.

— Hélas ! murmura Robert, le bonheur est insaisissable ; l'homme le poursuit comme l'enfant un oiseau, il n'est jamais hors de vue, mais toujours hors de son atteinte.

— Vous devenez lamentable et fade, marquis.

— Puis-je dire autre chose ? moi, espérer ? ce serait bon tout au plus pour faire sourire... La Daltès peut-elle regarder un pauvre comme moi sans dédain ? Pourra-t-elle jamais aimer un misérable de ma sorte ? Non, n'est-ce pas ? jamais !...

Tenez, ma phrase de tout à l'heure vous semblait fade. En voici une autre aussi juste : elle est, comme la précédente, de mon vieux précepteur :

« L'espérance nous pousse sans cesse en avant et nous conduit ainsi jusqu'au tombeau... »

— Vous vous trompez, monsieur du Valdamour, interrompit le baron, que ces citations ennuyaient : malgré moi et sans mon concours vous êtes riche, donc la Daltès vous aimera.

— Pourquoi vous riez-vous de moi, monsieur? Vous n'ignorez pas, que, sans vous...

Therme de Paray haussa dédaigneusement les épaules.

— Enfant! s'écria-t-il, vous êtes riche d'un trésor que vous semblez dédaigner...

— Un trésor, moi?

— Quel âge avez-vous?

— Vingt-neuf ans.

C'est bien cela, l'âge de la force! Monsieur du Valdamour, tous ceux qui ont passé cet âge le regrettent beaucoup, et ceux qui ne l'ont pas l'espèrent.

Et vous vous plaignez!

Vous avez vingt-neuf ans et vous désespérez!... Ah! si je les avais!... Je les ai eu, me direz-vous; oui, mais il me manquait un guide pour voler vers la terre rêvée. Alors j'étais plus misérable que vous ne l'êtes, marquis, et cependant la richesse est venue, mais non l'amour, ou du moins la réponse à l'amour. Faute d'un guide, autrefois, je n'ai jamais été aimé qu'en rêve!

— Et vous voudriez me servir de guide?

— Certes, répondit Therme de Paray, dont les paupières voilèrent pour la seconde fois le regard flamboyant.

Mais cette précaution devait être inutile, Robert réfléchissant profondément ne le regardait pas.

— Monsieur, reprit avec feu le jeune marquis, je souffre le martyre depuis hier et vous en êtes la cause... Je veux que ma perplexité prenne fin. Laissez donc de côté, je vous en prie, votre rôle de tentateur... Comme vous le disiez, il n'y a qu'un instant, parlons sérieusement... En fait, qu'exigez-vous de moi ?

Cependant, avant de me répondre, n'oubliez-pas que le malheur m'a rendu en partie à la raison, que je pleure mon égarement et déplore ma fausse honte sans laquelle je serais déjà aux genoux de ma femme, et que le cri de mes ancêtres était celui-ci :

« Pour l'honneur... Valdamour ! »

— Ce que j'exige de vous ? répondit tranquillement le baron qui, durant cette tirade, avait eu pour la troisième fois son sceptique sourire. Je n'exige rien, en vérité ; rien du tout.

— Rien! fit Robert stupéfait. Que vous servait alors de m'effrayer au sujet de ma conscience. Et puis, vous avez un but ?

— Si j'en ai un, monsieur du Valdamour, ce qui n'est pas douteux, permettez-moi de ne vous en rien dire. En attendant, je vais vous parler brutalement ; mettre le doigt sur la plaie qui vous ronge ; vous dire de cruelles vérités.

Sur la place de la Trinité, le vol a passé devant vos yeux éblouis comme un fer rougi à blanc. La faim aidant, l'or vous aveuglait, vous affolait ; vous avez maudit pour la centième fois le sort que vous vous êtes fait, en oubliant la droiture, l'honneur des vôtres. L'envie, la haine, le remords troublaient votre cerveau et votre cœur ; vous blasphémiez peut-être, vous, le rejeton d'une vieille souche bretonne. Et tout cela parce que, abandonné comme tous ceux qui n'ont plus rien, vous allez avoir la rue pour logis et pour nourriture l'os abandonné par le chien.

Certes, je n'ignore pas que vous pourrez rencontrer encore un morceau de pain là-bas, en Bretagne, chez la femme que vous avez ruinée, mais l'orgueil est votre péché mignon et le pardon vous fait plus peur que le mépris si bien mérité.

De ce côté donc, la cause doit être considérée comme entendue et enterrée. Par ailleurs vous aimez, et c'est là le terrible. Vous, le gentilhomme ruiné, plus misérable qu'un gueux — ne vous offensez pas, c'est en ami que je parle — vous avez osé porter vos yeux sur la plus belle des femmes, sur une millionnaire !

Je termine en vous demandant simplement un oui ou un non... Mon but, vous le connaîtrez plus tard; mon droit est de vous le cacher présentement !

Si vous dites non, je me retirerai ; nous serons inconnus l'un à l'autre, comme hier. Je vous laisserai peiner et périr dans le sombre abîme que vous avez si inconsciemment creusé sous vos pas.

Si au contraire vous répondez oui, je ne vous demanderai qu'une confiance aveugle en moi, je n'exigerai que l'obéissance et la promesse absolue que, quoi qu'il arrive, vous serez dévoué et vous ne vous étonnerez pas.

J'ai fini, Monsieur du Valdamour ; voulez-vous être riche et aimé?... J'attends !

— Monsieur, murmura Robert après quelques secondes d'hésitation, c'est un pacte que vous me proposez là ?

— Appelez cela du nom qu'il vous conviendra.

— Eh bien ! je me livre à vous, fit le marquis avec une résolution soudaine.

Pour le coup le baron Therme de Paray s'oublia au point de laisser voir sur son visage combien cette détermination le remplissait de joie et il eut autour des lèvres un rictus si effroyablement méchant que tout autre que Robert, prenant peur, eut retiré sa parole. Mais Robert, aussi confiant dans les autres qu'en lui-même, ne vit pas, ne soupçonna rien.

— Enfin, dit très naturellement le baron vite revenu à sa froideur habituelle : vous voici donc devenu raisonnable, mon jeune ami. Il était temps, pour vous... La nuit tombe, je vais rentrer chez moi afin de m'habiller, car ma soirée est loin d'être terminée. Pour vous, regagnez votre hôtel.

Oh ! n'ayez crainte, vous y serez bien reçu, je m'en porte garant.

Ils descendirent et gagnèrent ensemble le coin de la place de l'Opéra où stationnait, comme par hasard, le coupé du baron.

— Je ne puis vous reconduire, ajouta Therme de Paray en montant dans sa voiture. Demain l'Académie de musique fait relâche. Soyez prêt, à huit heures, j'irai vous prendre pour vous présenter à Emilia Daltès... Adieu, mon cher marquis.

Il serra la main de Robert, qui sentit un billet tomber entre ses doigts.

— Non, oh ! non, fit le jeune gentilhomme qui, malgré son marché récent, ne voulait pas être payé sans avoir rien fait.

Mais le coupé était déjà loin, il filait maintenant à toute vitesse, descendant l'avenue, et Robert crut entendre la voix du baron lui crier :

— Il faut être élégant avec les dames... En habit, n'est-ce pas ?...

Il ouvrit sa main, déplia le papier. C'était un billet de cinq cents francs.

La tête alourdie, le cerveau plein de pensées incohérentes, Robert du Valdamour s'achemina vers la rue de Laval.

Arrivé devant la porte de l'hôtel, malgré l'argent qu'il se sentait en poche et malgré les affirmations du baron, il hésitait à sonner.

Outre le peu de hardiesse qu'il tenait de la nature, la misère de Robert avait encore fait croître sa timidité.

Enfin la porte s'ouvrit devant un locataire qui sortait. Robert entra, prit son bougeoir et sa clef et montait sans faire de bruit, lorsque à son grand étonnement la porte de Mlle Obusier s'étant entrebâillée, la grosse propriétaire souhaita très aimablement la bonne nuit à « Monsieur le marquis. »

VII

Visite nocturne

La chambre n° 15 qu'occupait Robert du Valdamour à l'hôtel de Mlle Obusier donnait sous les combles. Elle prenait du jour et de l'air sur une petite cour en forme d'entonnoir, et si étroite, qu'avec un peu de sang-froid on aurait pu, sans grand mal, franchir d'un saut la distance qui séparait les deux murailles, et pénétrer de même dans la chambre qui faisait face, si la fenêtre en avait été ouverte.

La première pensée du marquis fut de chercher Cacatois pour lequel il avait rapporté des provisions. Ne le voyant pas, il voulut aller ouvrir la fenêtre, mais il ne put pas et retomba sur son lit, la tête fatiguée par le peu de vin qu'il venait de prendre et dont il était sevré depuis si longtemps.

Ainsi au repos, sur sa couche, et n'ayant aucune envie de dormir, il se prit à réfléchir.

Soudain son attention fut attirée par un bruit singulier dont il ne se rendit pas bien compte tout d'abord.

Il écouta, retenant sa respiration.

Le bruit venait de la porte, et bientôt Robert se convainquit qu'on introduisait doucement une clef dans la serrure.

Le jeune marquis n'était pas un vulgaire trembleur, plusieurs fois déjà en sa vie il avait prouvé sa bravoure. Néanmoins l'inconnu donne toujours une certaine appréhension, il ne put s'empêcher de frissonner.

Ce ne pouvait être Cacatois qui arrivait ; Cacatois avait d'autres coutumes. Il se servait de la clef lorsque le hasard le faisait rentrer avant Robert ; dans le cas contraire, il grattait la porte, à la façon des caniches.

La clef commençait à tourner et Robert se disposait à crier : « Qui va là ? » lorsque cet appel lui rentra dans la gorge au souvenir des paroles prononcés par le baron : « Quoi qu'il arrive, soyez dévoué, ne vous étonnez pas. » Ce qui signifiait par extension : « N'entravez rien !

Or, c'était peut-être le commencement de la comédie.

Sans bruit, d'un mouvement de couleuvre, le marquis se glissa dans la ruelle du lit et disparut derrière la courtine.

Une seconde après, la porte tournait sur ses gonds.

La lune, alors en son plein, traversant de ses lueurs la guipure des rideaux, éclairait assez vivement la chambre ; aussi, par raison d'économie, Robert avait-il éteint son flambeau tout de suite en entrant.

Grâce à cette lumière, de sa cachette improvisée, Robert put voir un homme, portant une longue et large planche sur ses épaules, pénétrer dans la chambre.

L'homme déposa son fardeau, l'accota contre le mur et respira. Il semblait, ma foi, fort à son aise et peu soucieux de la violation de domicile qu'il venait d'accomplir. Son regard s'étant porté sur un objet qui brillait à la muraille, il s'approcha et dit d'une voix peu contenue :

— Peste ! quel sinistre bijou, mes amis ! j'aimerais mieux donner cent baisers à Paulette que d'avoir le dos caressé une seule fois par cela.

Le « sinistre bijou » accroché à la muraille de la chambre de Robert, était une hache de grande taille, au manche long, à la lame épaisse et large. Le triangle de la lame était profondément attaqué par la rouille, depuis le tranchant jusqu'aux environs du manche ; l'acier n'avait de brillant qu'autour du bois.

Cette hache était la seule chose au monde appartenant en propre au pauvre hère maigre comme un coup de trique et long à n'en plus finir, qui avait nom Cacatois.

Ayant ainsi parlé, l'homme s'approcha de la fenêtre, l'ouvrit et frappa quatre coups espacés contre la vitre.

La fenêtre d'en face, qui jusque-là était constamment restée sombre, s'éclaira. On venait de tirer les doubles rideaux. Robert entendit le bruit d'une espagnolette et il vit apparaître, en pleine lumière, une jeune femme en peignoir.

— Bonsoir, Paulette, dit l'homme.

Sans attendre une réponse, il alla reprendre sa planche et la fit glisser sur la barre d'appui, jusqu'à faire soutenir l'extrémité opposée par le rebord de la fenêtre. Alors, mettant le pied sur ce pont flexible, il s'engagea résolument au-dessus du vide.

— C'est un songe creux, pensa le marquis en sortant de sa cachette... A-t-on idée d'un pareil sans-gêne ? C'est de l'aberration mentale... Je vais faire concurrence à Cacatois.

— Mais non, s'interrompit-il en s'approchant de l'embrasure ; mais non, voici bien la planche sur laquelle l'homme a passé... Même, c'est une porte, cette planche... une porte de placard, encore...

Singulier moyen pour pénétrer chez sa maîtresse... car ce noctambule audacieux doit être un Don Juan de première force, à en juger par ses manières...

Au fait, ma chambre joue un vilain rôle dans toute cette histoire... Ah ! il doit en faire de belles à cette heure...

Il s'arrêta net, l'oreille frappée par un bruit de claques et, bouche bée, les yeux fixés sur la croisée que le pont reliait à la sienne empêchait de se fermer, assista à un spectacle amusant et bizarre qui lui était donné gratis.

A vrai dire, ceux que Robert avait pris pour deux amoureux, entendaient l'amour d'une singulière façon :

La jeune femme, affalée, en travers sur le lit, la tête enfouie sous les draps, peignoir et chemise relevés, présentait à la lumière la partie la plus charnue de sa personne ; partie qui n'était plus laiteuse, hélas ! mais bien écarlate comme la carapace d'un homard cuit à point, parce que son amoureux, tenant la lampe levée d'une main, de l'autre lui administrait une correction magistrale, claquant, avec ardeur, avec rage.

— Pauvre Paulette, pensa Robert, qui avait retenu ce nom ; décidément la folie devient contagieuse. Cacatois me manque à cette heure ; il m'aurait peut-être expliqué ce procédé-là, lui...

Et c'est afin de faire une telle besogne que ce malotru choisit ma chambre pour passage et risque, en passant sur cette porte, d'aller se rompre les os au fond de l'entonnoir.

Ma parole ! ce qui m'arrive depuis deux jours est aussi fantastique que les contes de Poë... un inconnu me propose amour et fortune, pour le simple plaisir de me laisser guider par lui... Un autre, Roméo fin de siècle, traverse *mes appartements* comme s'il était chez lui, choisit ma fenêtre comme tremplin et ne se cache même pas pour trousser sa Juliette et la corriger magistralement... Elle n'est pas trop mal, Mlle Paulette... on peut dire que c'est un joli sujet mal traité...

Il se prit à rire silencieusement de son jeu de mots, et s'élança brusquement vers sa cachette où il n'eut que juste le temps de se blottir.

L'homme s'était engagé à nouveau sur le pont branlant.

Il sauta assez lestement dans la chambre, tira la porte de placard en disant entre haut et bas : « Au revoir, à demain, Paulette », referma la fenêtre avec soin, chargea la planche sur son épaule et disparut non sans avoir envoyé un regard hostile à la hache en murmurant :

— Fi ! le vilain joujou.

Robert alla donner un tour de clef à sa porte.

— Ce singulier personnage ne reviendra probablement pas cette nuit, se dit-il ; sa main doit être fatiguée... et... Mlle Paulette aussi... Couchons-nous donc en attendant Cacatois.

Au matin, Robert fut éveillé par une visite extraordinaire. Pour la seconde fois Mlle Obusier venait de gravir toute la hauteur de son immeuble.

— Je présente mes respects à monsieur le marquis, dit-elle à l'entrée et sans aucune ironie.

Puis elle ajouta, décochant à Robert le plus redoutable de ses sourires.

— Monsieur le marquis n'a besoin de rien ?

— Non, de rien, mademoiselle, répondit Robert peu habitué à de telles prévenances.

— J'avais pensé que monsieur le marquis serait peut-être bien aise de déjeuner chez lui, et je venais savoir s'il fallait faire monter Alexandre, le garçon, pour prendre ses ordres.

Quoique, d'après la promesse du baron, Robert eût dû s'attendre à un revirement analogue dans les manières de sa propriétaire, sa figure n'en exprima pas moins une telle stupéfaction que Mlle Obusier crut devoir ajouter :

— Oh ! monsieur le marquis est rancunier... Mes paroles d'hier étaient dictées par les nerfs, j'avais la migraine ; mais je sais fort bien qu'avec des personnes dans la situation de monsieur le marquis, on n'a rien à craindre...

— La comédie marche, pensa Robert à part lui ; ce baron me fait décidément l'effet d'être un génie aussi impénétrable que bienfaisant.

— Eh bien ! répondit-il tout haut, faites-moi servir à déjeuner, mademoiselle.

— Monsieur le marquis veut-il faire sa carte ?

— Non, non, commandez vous-même, ce sera parfait... Cependant, n'oubliez pas que nous sommes deux.

— C'est vrai, s'écria la grosse hôtesse en se frappant le front, j'allais oublier *Monsieur* Cacatois, l'ami de monsieur le marquis... Il est rentré au milieu de la nuit et, pour éviter de troubler le sommeil de monsieur, je l'ai fait coucher dans le bureau d'Alexandre, sur son lit.

— Merci pour lui, mademoiselle, l'absence de ce pauvre garçon commençait à m'inquiéter. Vous voudrez bien le faire monter.

Mlle Obusier salua et se retira de cette allure majestueuse qu'ont les pachydermes et qui était inhérente à sa personne.

Un instant après le grand corps de Cacatois se glissait dans la chambre. Sans mot dire, il serra la main du marquis et gagna son coin de prédilection.

A midi, la table fut dressée par Alexandre, le garçon d'hôtel, qui se mit à servir.

Cacatois n'avait paru éprouver aucun étonnement à voir cette chose insolite. Mais une fois à table, il se mit à manger comme un ogre. Tout plat et tout exigu qu'il fut, l'estomac du pauvre garçon avait une phénoménale élasticité. C'était merveille de le voir nettoyer les plats un à un. Il eût pu dévorer le Petit Poucet et ses sept frères sans en être incommodé outre mesure.

Alexandre n'avait pas, à proprement parler, le type vulgaire du garçon d'hôtel; cependant il n'en était pas moins laid pour cela. Il ressemblait à s'y méprendre à cette vilaine amplification du larbin que chaque théâtre possède dans son magasin des accessoires.

Ses cheveux roux, plantés bas, coupés courts, étaient copiés pour la couleur et la forme sur la perruque de son confrère de la scène, son nez long, presque postiche, ses yeux fuyants, ses longues oreilles, sa large bouche, enfin son visage glabre, tout cela avait une tournure de masque.

Au moral, Alexandre n'était pas moins beau qu'au

physique : il était hypocrite, fripon, menteur, vantard et lâche.

Comme on le voit, tout en s'inspirant du roman-feuilleton, la reine de céans, Mlle Obusier, avait eu la main heureuse pour se donner un prince-époux si, comme on le disait dans le quartier, Alexandre était le compagnon de lit de cette lourde hôtelière.

— Monsieur le marquis désire-t-il quelque chose ? demanda-t-il lorsque Cacatois eut achevé son nettoyage.

Robert regarda son compagnon, et, le voyant satisfait, répondit :

— Pas pour le moment...

— Dites-moi, Alexandre, se reprit-il presque aussitôt, connaissez-vous la personne qui occupe, dans la maison d'en face, la chambre dont la fenêtre donne sur la mienne ?

Alexandre louchait à faire honte aux cyclopes ; avions-nous négligé de le dire ?

A cette question, ses deux yeux se rencontrèrent dans le même sourire niais.

— La petite Anglaise ! fit-il.

— Ah ! c'est une Anglaise.

— Et une très jolie Anglaise avec ça... Elle se nomme miss Paulette Horn et donne des leçons de maintien — comme qui dirait de bonne tenue — aux demoiselles d'un pensionnat voisin... Avec l'enfant qu'elle a sur les bras, son métier ne doit pas la faire rouler sur l'or.

— Des leçons de maintien ! pensait Robert, revoyant le spectacle auquel il lui avait été donné d'assister la veille ; voilà un professeur que je ne voudrais pas pour mes filles, si j'en avais.

Il reprit :

— Vous dites que cette jeune Anglaise a un enfant, et depuis combien de temps habite-t-elle là ?

— Quinze jours ; trois semaines peut-être.

— C'est bien, fit Robert en se levant. Je vous remercie, Alexandre.

Le garçon gagna la porte, mais au moment de tourner le bouton, il revint.

— Qu'est-ce donc ? demanda Robert.

Alexandre fit une courbette de pantin articulé, Quelques jours auparavant, un de ses confrères du théâtre Montmartre lui avait enseigné cet usage mondain.

— Je ne sais vraiment où j'ai la tête, dit-il ; j'allais oublier de remercier monsieur le marquis.

— Me remercier de quoi ?

— Du pourboire, parbleu ! Du pourboire que monsieur m'a fait remettre... Oh ! je n'ignorais pas que vous ne pouviez vous en aller sans régler votre compte, je disais même hier à la patronne qu'elle avait eu tort de monter chez vous... Aussi, lorsque votre commissionnaire est venu lui apporter son dû et vingt-cinq francs pour moi, je n'ai pas été surpris.

Voyez-vous, monsieur le marquis, dans notre métier, il faut ouvrir l'œil, et le bon. Or, moi qui vous parle, j'ai l'œil américain, sans que vous vous en doutiez. Du premier coup je jauge la clientèle...

Voulez-vous un exemple ? Tenez, votre voisin du 17, un petit vieux fadasse avec des pattes de lapin en soies de sanglier. Eh bien ! malgré ses façons de grand seigneur, il ne m'inspire pas la moindre confiance...

Croiriez-vous qu'hier au soir, il a eu le front de vouloir me tirer les vers du nez à propos de vous ?

— A propos de moi, murmura Robert curieusement, et comment cela, s'il vous plaît ?

— Voici · Alexandre, qu'il m'a fait comme ça, M. du Valdamour ne quitte-t-il pas l'hôtel ?

— En quoi cela peut-il vous servir, lui ai-je dit, de savoir s'il s'en va ou s'il reste ?

— Ça me servira beaucoup, qu'il a ajouté, parce que ma chambre est trop à l'ombre et que je prendrais volontiers la sienne. »

Robert réfléchissait. Il lui semblait voir une coïncidence entre le désir de son voisin et l'histoire de Mlle Paulette.

— Et que lui avez-vous répondu ? interrogea-t-il.

— Moi, je n'avais rien à lui répondre ; je l'ai renvoyé à la patronne... Mais, entre nous, elle avait ses nerfs, hier au soir, la patronne, et elle a pu lui affirmer que vous ne rentreriez pas.

— Pourtant, on a dû le prévenir du contraire...

— Oui, mais ce n'est que ce matin seulement, et le brave homme m'a paru tout interloqué, lorsque je lui ai dit l'heure où vous étiez revenu...

— Ça c'est particulier, m'a-t-il fait après un instant de réflexion ; si M. du Valdamour a de bons yeux, il n'a pas dû regretter sa soirée, ni s'embêter, le gaillard !

— A l'heure qu'il est, je ne comprends pas encore ce qu'il entendait dire. Enfin il a terminé en me demandant si vous consentiriez à troquer votre logement contre le sien.

Par obligeance pour l'amoureux baroque, aux séances duquel il lui plaisait peu d'assister tous les soirs, Robert allait peut-être répondre favorablement à cette demande, lorsqu'il se souvint fort à propos que sa volonté ne lui appartenait plus et qu'il ne lui était plus permis de prendre aucune initiative, depuis le moment où il avait engagé sa parole au baron.

— Que devrai-je lui dire? insista Alexandre.

— Rien, répondit Robert. Je verrai... en y réfléchissant, peut-être me déciderai-je.

— Ah! j'allais encore oublier; quelle tête de linotte est la mienne! Il m'a prié de lui dire à quelle heure monsieur le marquis reviendrait ce soir...

— Décidément, il s'intéresse à moi autant qu'à ma chambre, monsieur mon voisin, fit Robert en riant. Eh bien! tranquillisez-le : ce soir, je rentrerai fort tard.

Comme de juste, non seulement Cacatois n'avait pris aucune part à cette conversation, mais il avait même paru ne point l'entendre. C'était un corps sans âme.

Au moment où Robert, prenant son chapeau, se disposait à sortir pour aller quérir l'habit indispensable à la présentation promise par le baron Therme de Paray, Alexandre reparut.

— Une lettre pour monsieur le marquis, dit-il en déposant sur la table un carré de papier.

Robert se sentit tressaillir... Une lettre! quel événement!... Depuis qu'il était à Paris il n'avait jamais reçu aucune nouvelle de Bretagne, et il se sentait assez coupable pour mériter ce blâme silencieux ou mieux cet oubli. D'un autre côté, il y avait plusieurs mois déjà que, honteux de sa misère, il avait rompu avec toutes ses relations et ne recevait plus de lettres.

Aussi, très perplexe, regardait-il sous toutes ses faces l'enveloppe qu'on venait de lui remettre, cherchant à en deviner le contenu et l'auteur avant de l'ouvrir.

La fermeture était scellée d'un cachet de cire bleue, au milieu duquel un entrelacement figurait deux lettres, H. et P.

La suscription, tracée d'une petite écriture fine, rapide, déliée et nettement accentuée, semblait indiquer que c'était là l'œuvre d'une main de jeune fille ou tout au moins de jeune femme.

Robert ne pouvait passer son temps à vouloir deviner de tête ce rébus dont il avait la solution entre les mains. Le plus sage était d'ouvrir la lettre. Il déchira donc l'enveloppe et lut :

« Milord marquis,

« Un gentleman s'est introduit, hier au soir, dans mon appartement, en passant par le vôtre qu'il avait tout lieu de croire inoccupé.

« Or, le hasard m'ayant appris ce matin qu'il était dans l'erreur et que vous étiez présent, hier, lors de son passage, malgré la honte que j'éprouve à m'adresser à vous, après les... choses... *schoking*... qu'il vous a sans doute été impossible de ne pas voir, je le fais par devoir.

« Ma demande va sans doute vous sembler étrange, mais lorsque vous saurez que, dans mon malheur, j'ai cette seule ressource pour assurer la vie de mon enfant, vous ne refuserez pas, milord, j'en suis certaine.

« Le même gentleman doit revenir ce soir et, pour sauvegarder la considération dont j'ai le plus extrême besoin — et que je mérite, contre toutes apparences, — il doit passer par le même chemin.

« Par grâce, milord marquis, ne me refusez pas... Sortez ce soir, et ne rentrez qu'après onze heures.

« Vous êtes assez galant et trop homme d'honneur

pour désirer voir rougir une femme? C'est pourquoi je vous prie, en signe d'acquiescement, d'ouvrir et de refermer brusquement votre fenêtre, au reçu de cette lettre.

« Vous ne verrez pas mon visage... je ne puis plus vous le montrer... mais ma reconnaissance vous suivra partout...

« Miss P. H. »

— Ma parole! c'est à devenir fou! s'écria Robert lorsqu'il eut achevé. Depuis deux jours, je nage en pleine fantasmagorie, et mon pauvre ami Cacatois pouvait bien perdre la raison s'il en a vu moitié autant. C'est à croire qu'Hoffmann et Anne Radchliff n'étaient point des rêveurs, mais bien des observateurs... même des réalistes, comme on dit maintenant.

« Mon roman ne manque plus de rien. D'abord, ma rencontre avec le baron Therme de Paray qui veut remplir auprès de moi le rôle de Mentor ou celui de Méphistophélès... Dame! on ne sait pas! Puis, ma visite à la Seine; l'hôtesse que je ne paye pas et qui se confond en signes de respect; ensuite, l'homme qui passe par ma chambre pour aller flirter... hem! avec Mlle Paulette, ma voisine; celle-ci, enfin, qui réclame à nouveau le passage pour recevoir de nouvelles protestations amoureuses du même genre.

Il s'interrompit pour éclater de rire.

— En vérité, reprit-il, tout ceci est si impossible que MM. les vaudevillistes en mourraient de la jaunisse si je le leur racontais.

« Oui! mais n'y a-t-il pas un proverbe qui affirme que les plus gros rires sont les moins durables?... Bah! je n'ai rien à me reprocher, jusqu'à présent...

« Je ne comprends pas très bien, il est vrai, comment quelques claques de plus sur... l'inexpressible de ma voisine pourront assurer la vie de son enfant... Mais ces Anglaises ont des idées si saugrenues, et ce n'est pas de ma compétence, paraît-il, puisqu'on ne prend pas la peine de me consulter.

« J'aurais pourtant bien voulu voir son *autre* visage, à cette petite ! Allons, je n'ai pas de raisons sérieuses pour la contrarier. Donnons-lui satisfaction.

Il alla vers sa fenêtre qu'il ouvrit et referma avec bruit.

Pas assez vite, cependant, pour ne pas entendre ces quelques mots lancés en anglais par une petite voix limpide :

— *Mercy, my dear lord !*

VIII

Jeune fille à marier

Le baron Therme de Paray ne portait pas plus de cinquante ans, quoiqu'il en eût soixante-cinq en réalité. Dans toute la force de l'expression, c'était un gaillard admirablement conservé. L'âge n'avait pu faire courber sa haute taille et parfois il se surprenait à sourire en croisant, dans un salon, quelque pâle et recroquevillé rejeton de cette fin de siècle, vaincu par l'anémie.

Il était puissamment riche; c'était du moins la croyance générale. En fait, il n'avait plus que les apparences et était en train de manger, pour la galerie, les dernières bribes d'une grosse fortune.

Vingt ans plus tôt, le baron Therme de Paray était apparu au ciel parisien où il avait pris rang, tout de suite, parmi les étoiles de première grandeur.

D'où venait-il? Qui était-il? Nul n'aurait su le dire. Sa noblesse elle-même n'était pas des plus authentiques et on n'aurait pu découvrir son écusson à la salle des croisades; mais il était si riche, si fastueux, l'or lui tenait si peu aux mains, et, d'ailleurs, depuis Napoléon Ier, n'y a-t-il pas quantité de nobles sans origines.

Toujours est-il qu'il avait su se faire accepter dès le début et s'était implanté peu à peu.

Nul ne lui contestait la propriété de son argent, n'était-ce point le principal.

Ses manières, il est vrai, n'avaient point cette correction parfaite qui fait reconnaître dans la foule l'homme *né;* mais qu'importait, après tout, cette insuffisance de naissance chez un homme qui savait se tenir, à une époque où les vrais gentilshommes ne cherchent qu'à s'encanailler.

Le baron s'était installé dans un hôtel tout construit qu'il avait trouvé dans le haut du boulevard Saint-Michel. Il s'était meublé avec luxe et avait mené la vie oisive de grand seigneur; donnant des fêtes, allant aux bains de mer, en été; à Nice en hiver.

Vingt ans de cette vie avaient suffi à dissiper les cinq ou six millions qu'il possédait, et maintenant, outre quelques billets de mille francs, il ne lui restait plus qu'un seul valet qui lui servait aussi de cocher, et son hôtel hypothéqué n'avait plus de meubles à l'intérieur.

Dans l'entourage du baron, personne, il faut bien l'avouer, ne se doutait de cette dégringolade, car, pour l'extérieur, il n'avait rien changé à son genre de vie, se multipliant pour satisfaire à toutes les invitations et continuant à faire, de gauche et de droite, des cadeaux princiers...

Comme nous allons le voir, Therme de Paray n'avait point menti au marquis du Valdamour en lui disant que sa soirée serait occupée.

En le quittant, son coupé gagna d'un temps son hôtel du boulevard Saint-Michel. Là, il passa son habit noir, redescendit et donna l'ordre à son cocher de le conduire chez M. Fortuné Boisdru, qui occupait un splendide appartement rue de Rivoli.

Ce soir-là, à l'occasion du prochain mariage de Mlle Rachel, sa fille, avec M. le vicomte Angel d'Urtille, M. Fortuné Boisdru ouvrait ses salons.

C'était en quelque sorte une soirée de contrat, moins le notaire.

M. Fortuné Boisdru était ce qu'on est convenu d'appeler un parvenu. Paysan devenu millionnaire, il n'avait pu dépouiller ses allures de rustre au contact de l'argent. Le vieil homme propriétaire gardait les manières de l'ancien petit porcher.

Le modeste avoir apporté en dot par sa femme avait été employé par lui dans l'élevage, et grâce à son intelligence, à son activité et aussi à la chance, car, quoi qu'on en dise, la volonté ne suffit pas toujours à faire sortir les humbles de leur sphère, il était arrivé à ce résultat surprenant d'avoir à lui dix lieues de pays et dix mille têtes de bétail.

Marié très jeune à une simple fille de ferme, il avait pu voir par la suite combien il est sage de ne pas sortir de son cadre. Jamais union, en effet, ne fut mieux assortie.

— Le jour où j'aurai douze cents francs, disait parfois Fortuné, je forcerai la fortune à venir à moi, puisque mes bons parents ont eu le soin de me donner, au baptême, un nom qui serait une ironie sans la richesse.

Les douze cents francs s'étant montrés, le jour de son mariage, il s'associa avec un petit fermier et, malgré l'audace de ses prévisions, la fortune semblant lui sourire, il devint éleveur pour son propre compte, à l'époque même où sa femme lui donnait une fille qui reçut, on ne sait pourquoi, le nom de Rachel.

Puis les affaires de Fortuné ne cessant de prospérer, il fut bombardé chevalier de la Légion d'honneur, après avoir obtenu par cinq fois le premier prix aux concours agricoles de Paris.

Des orgueilleux auraient fêté le ruban rouge avec éclat.

Les époux Boisdru, eux, se firent un cadeau :

Il n'y a pas de petites économies.

Mme Boisdru commanda un dîner auquel personne ne fut invité.

Ce n'est pas qu'ils fussent avares l'un ou l'autre, oh ! non, mais leur richesse présente leur donnait une fierté paisible, peu démonstrative ; homme et femme ils restaient aussi simples qu'au temps de leur ancienne pauvreté noblement supportée.

Mais le splendide appartement de la rue de Rivoli ? me direz-vous. Ah ! voilà ! on ne fait pas toujours ce qu'on veut, surtout quand on a une fille qu'on adore.

Dès l'âge de sept ans, Rachel avait été remise aux soins d'une institutrice aussi bonne qu'expérimentée, trop bonne même, car entre son père, sa mère et cette institutrice, qui n'avaient à eux trois aucune autorité sur elle, l'enfant grandissait volontaire, s'annonçant déjà comme un despote de l'avenir.

Défaut plus terrible peut-être, Rachel n'avait point de cœur.

Par contre, et pour compenser l'absence de celle de l'âme, elle possédait au suprême degré la beauté du visage et l'élégance des formes.

Grande, élancée, la taille souple, brune comme la belle juive dont on avait emprunté le nom pour elle, la peau chaude, le visage éclairé par des yeux noirs, brillants, limpides, il était impossible de rêver une plus jolie, une plus gracieuse, une plus séduisante personne que Rachel Boisdru. Aussi, à dix-sept ans, était-elle l'admiration de la petite ville de Maisoncelles et sa réputation de beauté ne faisait que grandir.

En la regardant, vieux et jeunes oubliaient le million que son père devait lui donner en dot.

Le vieux duc de Maisoncelles, ex-talon rouge de la cour de Charles X et dont le bien tout entier était passé entre les mains de Fortuné Boisdru, avait coutume de dire d'elle :

— Qui n'a pas vu Mlle Rachel n'a rien vu !

— C'est comme Venise ou Naples, n'est-ce pas ? s'écriait maître Falateuf, le notaire goguenard. La voir et mourir !

— Non, monsieur, répondait sérieusement le duc, la voir et vivre !... Vivre en baisant ses pieds d'ivoire, comme l'amoureuse Méditerranée aux pieds de Palerme la belle.

— A combien de dames avez-vous conté cette fadaise ?

— Tenez, reprenait en s'exaltant l'ex-beau, pour un baiser d'elle, un seul entendez-vous, je donnerais volontiers ma part de paradis !

— Hé ! hé ! ricanait le notaire, une part bien aléatoire, monsieur le duc.

Nous avons dit que Rachel avait le cœur aussi sec qu'il est possible de le souhaiter, or, comme les grandes pensées prennent habituellement cet organe comme point de départ, Rachel ne pouvait en avoir.

Vaniteuse au delà de toute expression, elle faisait la moue continuellement, et comme l'oiseau de Junon, regardant à ses pieds, elle maudissait son humble origine.

Ses aspirations n'avaient qu'un but, s'élever, ce qui, pour elle, signifiait s'anoblir. Elle eût consenti sans regret à devenir la femme d'un mauvais drôle titré, non d'un honnête homme sans titre. Que le prétendant fût jeune ou vieux, peu lui importait : en affaire, l'amour ne devant jamais entrer en ligne de compte.

Elle avait forcé son père à se faire construire un petit château non loin de l'antique manoir du duc, et sa sotte passion de la particule était poussée si loin que, le jour de l'inauguration, elle lui conseilla de mettre sur ses cartes :

Fortuné Boisdru de Maisoncelles

Malgré la tendresse exagérée qu'il avait pour sa fille et quoiqu'il céda à toutes ses fantaisies, le brave homme refusa net.

— D'ailleurs, dit-il en terminant, le duc ne souffrirait peut-être pas cette nouvelle parenté.

— Oh ! répondit la jeune fille, qu'à cela ne tienne, le bonhomme ne dirait rien, par crainte de me contrarier.

Mais l'éleveur n'entendait pas de cette oreille et il voulut clore l'incident par un coup de maître en parodiant la devise des Rohan qu'il avait lu sur un livre de classe de sa fille.

— Duc ne veux, dit-il en souriant, noble même ne daigne, Boisdru suis !

Rachel n'insista plus.

— Soit, dit-elle rageusement, un jour ou l'autre, je me marierai et alors je quitterai pour toujours cet odieux nom de Boisdru.

Le mariage ! oh ! elle n'en avait pas peur, elle ; elle regardait en avant insoucieuse de l'inconnu, désireuse surtout de jeter un voile sur le passé.

C'est alors que Rachel décida qu'un appartement à Paris était nécessaire, attendu que les prétendants ne pourraient jamais venir la chercher jusqu'au fond de ce pays perdu.

Fortuné se rebiffa, la mère pleura, rien n'y fit et l'appartement de la rue de Rivoli fut loué.

Une dépense en entraîne d'autres, c'est la loi. Toujours pour complaire à son petit tyran en jupons, Fortuné vint s'installer à Paris l'hiver suivant et donna des soirées. Son salon fut aussitôt fréquenté, beaucoup plus qu'il ne l'aurait désiré, par une jolie collection de dames plus ou moins célébrées dans les gazettes demi-mondaines et par une quantité égale de financiers ou de jeunes seigneurs sur la moralité desquels il n'eût pas fait bon s'appesantir trop longtemps.

C'était dans ce milieu interlope que Rachel espérait se découvrir un mari.

En somme, cette singulière jeune fille comprenait le mariage à la facon de bien des gens. C'était pour elle la rencontre raisonnée de deux intérêts, une sorte d'association financière; en un mot, une affaire où l'argent et la vanité pouvaient se donner la main et dont la conclusion légale était l'union d'une femelle et d'un mâle.

Toujours très décolletée, pour laisser à tous les yeux le plaisir de reconnaître le véritable état de sa gorge ravissante quoique plantée un peu bas, la jeune fille, entourée d'un cercle d'adorateurs en habit noir, faisait les honneurs du salon de son père, distribuant aux uns des sourires, aux autres des poignées de gants.

Mais les fils de famille ne mettaient aucun empressement à brûler pour elle d'une flamme légitime et c'est à peine si quelques vieux céladons de noblesse douteuse consentaient à lui faire espérer qu'ils réfléchiraient à une mésalliance pour éviter des larmes à ses beaux yeux.

IX

Un monomane excentrique

L'hiver s'était passé sans amener aucun résultat favorable.

Bien mieux, Rachel Boisdru, accablée de désillusions et d'amertumes, commençait à rabattre un peu de ses prétentions.

Dès l'abord, un duc-adonis lui eût semblé un pis-aller, car elle avait entendu parler vaguement d'archiducs et de princes; mais les ducs ne venant pas, au bout de quinze jours de recherches, elle se serait peut-être laissée tenter par une simple couronne de marquise.

Hélas ! les marquis n'étaient pas plus empressés que leurs pairs. Plus la saison avançait, plus l'orgueilleuse jeune fille baptisait le vin pur de ses vaniteuses espérances, descendant successivement du comte au vicomte, du vicomte au baron.

Là, s'arrêtait pourtant la condescendance de sa prétendue modestie et, sérieusement, elle ne pouvait aller plus bas, puisque les chevaliers ont cessé de vivre et que les vidames ne sont plus, depuis que l'Eglise manque de soldats.

Pourtant, sans le savoir, sans même le soupçonner,

Rachel avait fait une conquête; oh! bien médiocre! mais enfin presque inespérée.

Quand, vers le mois d'avril, la famille Boisdru revint en Normandie, on vit reparaître le vicomte Angel d'Urtille à son château de Bernières, situé à quelques kilomètres de Maisoncelles.

Le vicomte, petit homme frisant la quarantaine, était une sorte d'original d'un genre peu commun. Depuis l'époque où il avait enterré son père et sa mère, quelque dix ans plus tôt, il eût très certainement trouvé le moyen de dévorer cent fois son patrimoine si les pauvres défunts, connaissant le mauvais équilibre du cerveau de leur fils, n'avaient eu le bon esprit de lui léguer ce patrimoine en rentes inaliénables.

Cette prudence avait rendu au vicomte le double service de le sauver de lui-même et de le mettre en garde contre les concupiscences de famille.

Quand nous disons que le vicomte Angel était un original, c'est à tort, car le pauvre garçon avait les facultés trop peu développées pour commettre de plein gré les excentricités qui avaient fait de lui la terreur de toutes les femmes de la contrée.

Les cousins s'étaient bien accordé le luxe de vouloir le faire interdire, mais sans succès, parce que le tribunal avait cru discerner dans leur demande des intentions cupides et que, en somme, la monomanie du vicomte était douce, amusante même pour ceux qui n'avaient pas un intérêt tout particulier à la trouver de mauvais goût.

On disait que toutes les filles, demoiselles ou dames de Bernières et des environs étaient passées par les mains du vicomte Angel. Non point comme maîtresse, fi donc ! le vicomte n'avait point les mœurs dissolues, mais comme... au fait, c'est difficile à dire...

La nuit, le jour, dans les champs, sur les routes ou sous un toit, le pauvre toqué ne pouvait pas rencontrer une femme, noble ou vilaine, fermière ou pastourelle, toutes lui étaient bonnes, sans lui trousser les cottes et lui administrer une « fouettée », comme on dit en Normandie, cela jusqu'à en perdre la respiration.

En fait, c'étaient des attentats cuisants, mais inoffensifs.

Plusieurs fois, le mari d'une fustigée, le surprenant en besogne, s'était fâché tout net et avait voulu le malmener. Cependant, il n'avait jamais été se vanter des suites de son algarade, parce que le vicomte, d'une force peu commune et d'une agilité de chat, laissait rarement le beau rôle à ses adversaires.

Aucune femme, par contre, n'avait jamais eu l'idée de porter plainte contre le maniaque, les unes par fausse honte ou pudeur, les autres parce que le vicomte avait la main large et payait généreusement, après coup, les victimes de ses particulières distractions.

C'était ce bizarre toqué qui s'était senti brûler soudain d'une belle flamme pour la fille du riche éleveur de Maisoncelles et voici dans quelles circonstances.

L'hiver précédent, le vicomte Angel d'Urtille, faisant sa première apparition à Paris, s'était trouvé par hasard mis en possession d'une des nombreuses invitations que le père Fortuné lançait sur la place pour réunir la foule de nobles prétendants parmi lesquels Rachel devait faire son choix.

Comme de juste, le vicomte; très dépaysé dans la

capitale, s'était rendu à cette invitation et était même devenu l'un des plus solides piliers du salon Boisdru. Dès l'abord, il avait provoqué un petit scandale, sa monomanie reprenant ses droits dès qu'il se trouvait à portée d'un dos féminin, mais Rachel, l'une des premières pincées, l'ayant trouvé « drôle », avait pris ce petit homme sous sa protection, décidant que celles qui ne seraient pas contentes de ces facéties n'auraient qu'une peine, celle de ne pas revenir.

D'ailleurs, il faut bien le dire à sa louange, la fantastique manie du vicomte s'était un peu civilisée au contact du monde parisien; dans les salons, il se contentait de mesurer, à l'aide de ses deux mains et par-dessus les vêtements, les volumineux objets de sa tendresse spéciale, et, lorsque son besoin maladif devenait trop fort, il s'adressait à des personnes qui, en comparaison de leur travail d'un genre plus pénible, étaient encore très heureuses de ne subir que le fouet pour des générosités relativement élevées.

En descendant l'échelle de ses espérances, Rachel n'avait jamais songé à faire son mari du vicomte; mais lui, moins sot qu'on aurait pu le croire, désireux de tenir cette belle fille et devinant ses ambitieuses visées, s'était juré de l'épouser.

Pour être agréé, le plus sage était d'attendre, il fallait laisser au temps le soin de démontrer à la fille du parvenu que la particule, quoique chère, n'est pas toujours à vendre.

Le temps passa et le moment approchait où le vicomte allait pouvoir se déclarer, Rachel devenant de moins en moins exigeante.

A son retour à Bernières, comme ses amis s'étonnaient de le voir presque paisible, ne faisant plus la chasse aux cotillons, il leur répondit un jour :

— C'est le calme précurseur de la tempête ; je vais me marier.

— Te marier, toi, vicomte ? s'écrièrent-ils en chœur.

Et le moins timoré ajouta :

— Avec quel derrière ?

— Avec un superbe, fit Angel en souriant, et sa propriétaire est charmante !

— Elle t'adore, sans doute ?

— Je ne crois pas, mais ce qui est tout comme, elle guigne mon titre.

— Et le nom de cette Vénus Callipyge ?

— Vous le saurez dans six mois, car vous connaissez le proverbe : Il ne faut pas vendre la peau de l'ours...

— La peau de l'ours ! Quelle comparaison..... C'est donc un sapeur, cette femme charmante ?

Angel n'avait rien à répondre et la conversation en resta là.

Comme bien on pense, rien ne fut moins romanesque que les amours de Rachel Boisdru et du vicomte Angel.

Un jour, jugeant que le noviciat de noblesse avait été suffisamment prolongé et, croyant le moment opportun, Angel d'Urtille, jouant au chasseur surpris par l'orage, se présenta par une pluie battante au petit château de l'éleveur. Il fut reçu à bras ouverts ; on renoua connaissance, puis, après le dîner, en se quittant, on se promit de voisiner.

Le vicomte en profita pour revenir souvent et, à la suite d'une de ses visites, Fortuné dit à sa fille :

— Rachel, comment trouves-tu M. d'Urtille ?

— Pas trop dégradé pour son âge, mon père.

Tu ne sais pas quel était le but de sa visite d'aujourd'hui ?

— Comment le saurais-je ?

— Il venait me demaneer ta main !

— Ah ! fit tranquillement Rachel, et que lui avez-vous répondu ?

— Que sa recherche nous honorait, que... enfin tout ce qu'on dit en pareil cas, et j'ai terminé en lui avouant que toi seule pouvait décider de son sort.

— Eh bien ! vous pouvez lui répondre que j'accepte.

— Comment ! s'écria le bonhomme ahuri, tout de suite... comme ça... sans prendre de renseignements... Mais ne sais-tu pas qu'il court de très vilaines histoires sur le compte de ce monsieur ?... Sa moralité est déplorable ; il a déjà failli nous faire avoir des histoires l'hiver dernier.

— Tant mieux ! un passé orageux garantit la tranquillité de l'avenir.

— Pour les jeunes gens fougueux ce précepte est peut-être d'une grande justesse, mais non pour les gens de l'âge du vicomte. Sais-tu bien qu'il a la quarantaine sonnée, et puis sa cervelle n'est pas bien d'aplomb, paraît-il.

— Qu'importe ! interrompit Rachel, ce n'est pas l'homme que j'épouserai, c'est son titre !

Et, dans cette phrase, l'orgueilleuse jeune fille laissait percer toute la rage de son impuissance, toute sa colère de n'avoir pu choisir homme et titre.

Fortuné ne trouva plus rien à objecter ; sa femme, il est vrai, pensa que c'était aller bien vite en besogne; mais le futur étant en somme un homme très à son aise, elle finit par céder, sa seule répugnance étant qu'on achetât cette noblesse.

Un titre de noblesse a toujours son prestige, si petit qu'il soit, et les partisans du régime égalitaire ne lui enlèveront pas de sitôt.

Certes, un honnête roturier vaut cent fois mieux que certains nobles, et pourtant on voit tous les jours des industriels ou des commerçants donner leur fille à un homme dont la seule vie de garçon a dévoré deux ou trois fortunes, qui se fait gloire de ses nombreuses dettes, mais dont le nom remonte toujours aux croisades, la science héraldique étant là pour procurer un blason à celui qui en manquerait.

La résolution de Rachel était irrévocable. Le mariage fut décidé et, comme il ne s'agissait pas d'amoindrir le futur gendre, on décida que l'honorabilité du vicomte ne laissait rien à désirer, tant il est vrai que, en ce monde, il suffit pour être honorable de ne pas avoir égaré sa main dans la poche d'un voisin.

Trois mois après, la foule encombrait les salons de l'appartement de la rue de Rivoli. M. Fortuné Boisdru présentait officiellement le gendre qu'il avait choisi pour sa fille.

Dans la salle de whist, nous aurions pu trouver quelques connaissances, d'abord le vieux duc de Maisoncelles, ex-talon rouge de la cour de Charles X, et son inséparable détracteur, maître Falateuf, le notaire, puis, plus loin, le célèbre docteur Veshumyd, et enfin le baron Therme de Paray.

Le commencement de la soirée avait manqué d'entrain ; par un manque d'usage qu'on ne lui soupçonnait pas, le vicomte Angel s'était fait attendre, arrivant après tous les invités.

Au moment même où le quart avant minuit sonnait à la grande pendule que tenaient deux chimères, la porte du salon s'ouvrit à deux battants et la basse-taille d'un valet galonné annonça :

— Mlle Emilia Daltès !

A ce nom qui faisait tourner toutes les têtes du Paris artiste, littéraire et mondain, pas une seule personne ne resta sur son siège.

Les joueurs de whist eux-mêmes abandonnèrent leurs cartes et se pressèrent à la porte du petit salon, afin de voir passer celle qui était pour le moment l'idole de l'Opéra, et qui faisait encaisser à la direction des recettes si fabuleuses qu'il avait été fortement question au ministère des beaux-arts d'économiser la subvention devenue inutile.

Un instant, la cantatrice s'arrêta sur le seuil, regardant d'un œil tranquille tous ces gens qui la contemplaient.

Sa toilette de bal, d'une richesse extravagante, eût écrasé toute autre qu'elle, mais sa beauté splendide se jouait des rapprochements et n'en ressortait victorieuse qu'avec plus d'éclat.

Les naïfs prirent ce temps d'arrêt pour un acte de coquetterie supérieurement entendue. Il n'en était rien cependant, et le docteur Veshumyd, comprenant l'embarras de la cantatrice, murmura obligeamment à l'oreille de M. Boisdru :

— Elle vous attend ; ne le voyez-vous pas ? allez vite !

— Pourquoi mon père irait-il vers cette comédienne ? demanda l'orgueilleuse Rachel.

— Parce que, répondit le docteur, la politesse ordonne à tout maître de maison d'offrir son bras à la dame qui n'a point de cavalier.

— Votre bras, M. Boisdru ? dit en ce moment la Daltès.

Sa voix mélodieuse fit courir un frisson et l'éleveur, épouvanté de la maladresse que venait de lui faire commettre sa fille, s'élança vers la cantatrice à laquelle il offrit son bras pour la conduire vers le piano.

Cette surprise était une idée de Rachel et, à ce propos, il est bon de montrer combien cette prochaine vicomtesse avait, sous son écorce de fille bien élevée, conservé l'esprit paysan.

Au profond désespoir du vicomte qui, lui, malgré son peu de cervelle, était grand seigneur jusque dans les moelles, Rachel était cupide ; tout lui semblait trop cher, « elle en voulait pour son argent ! »

L'avant-veille, à l'instigation de Rachel, le père Fortuné s'étant informé du prix qu'exigerait la grande cantatrice pour faire une apparition dans son salon et y chanter quelque chose, était venu tout essoufflé raconter à sa fille la phénoménale réponse dont on l'avait bombardé.

— Trois mille francs ! s'était écriée celle-ci ; mais c'est abominable ! c'est scandaleux !

Le vieux Normand, qui n'était pas souvent d'un avis contraire à celui de sa fille, trouva sa stupéfaction admirable et son indignation logique.

— Il y aurait peut-être moyen d'arranger les choses, fit-il. Si j'allais lui proposer de couper la poire en deux ?

— Oui, c'est ça, dit Rachel, qui tenait tout de même très fort à cette exhibition.

Le vicomte était présent à l'entretien, et il avait bondi à la proposition de l'éleveur.

— Vous n'y songez pas ! s'écria-t-il. Cette démarche ferait rire de vous et ne changerait rien aux usages de la Daltès.

Mais il eut beau lui démontrer l'inutilité d'une telle petitesse, toutes ses raisons furent perdues et le père Boisdru, encouragé par un regard de sa fille, ne changea qu'une chose à son programme, écrivant au lieu d'aller rendre visite, ce qui changeait tout simplement le manque d'usage en un manque de politesse.

Le soir même, un petit groom rapportait à M. Boisdru sa lettre, ajoutant ce message verbal de la part de sa maîtresse, qu'elle ne se rendait jamais en soirée que comme invitée.

Rachel furieuse et dépitée avait fini par céder pour sauvegarder son orgueil, mais non sans se dire avec une méchante ironie :

— Quelles outrecuidantes prétentions ont ces baladines.

Avant d'arriver auprès du piano, Emilia Daltès abandonna le bras de M. Boisdru et, pleine d'aisance, prit un siège en murmurant :

— Je vais me reposer un instant, si vous le permettez.

Elle était en ce moment le point de mire de tous les regards, ce qui ne semblait la gêner nullement.

Certes, sous le rapport de l'élégance comme sous celui de la beauté, aucune femme ici ne pouvait avantageusement supporter une comparaison avec la Daltès. Son corsage, ouvert en pointe, emprisonnait une taille exquise, laissant à découvert de merveilleuses épaules et la délicieuse naissance d'une gorge ferme et si bien proportionnée qu'on n'en voit habituellement naître de semblable que sous le pinceau ou le ciseau des maîtres.

Son cou aux fines attaches portait une tête de reine dont les principaux agréments étaient une bouche petite à miracle, deux yeux du plus beau velours noir et une épaisse chevelure sombre dont les frisettes lui jetaient des ombres sur le front et derrière la nuque.

Sous sa toilette de faille noire, sa peau ambrée de fille de l'Adriatique eût paru d'ivoire, si, dans le teint de ses bras, que de longs gants dérobaient jusqu'au dessus du coude, ne s'était fait remarquer, en un triangle d'une blancheur laiteuse, la marque indélébile du vaccin.

Quoique la beauté de Rachel ne fût pas, à beaucoup près, aussi radieuse que celle de la Daltès dont Paris faisait actuellement sa première idole, la jeune fille eût pu obtenir quelques suffrages et détourner certains regards de la cantatrice qui, bien à contrecœur, les réunissait tous ; mais Rachel n'était justement pas là.

X

Les affaires du Baron

Lors de l'entrée d'Emilia Daltès, une main gantée avait touché le bras nu de Mlle Boisdru, tandis qu'une voix d'homme murmurait à son oreille :

— Je sollicite un dernier entretien.

Et Rachel avait suivi, de mauvaise grâce peut-être, mais enfin elle avait suivi son interlocuteur dans le petit salon où ils se trouvaient seuls maintenant.

L'homme se tenait debout, adossé à la cheminée, dont les candélabres allumés laissaient sa figure dans l'ombre. Son regard enveloppait avidement Rachel, ses mains se crispaient, ses lèvres pâles tremblaient. De son côté, la jeune fille éblouie par la lumière qui tombait en plein sur elle et fascinée par le regard dont elle se sentait enveloppée, restait immobile.

— Que me voulez-vous, monsieur ? demanda-t-elle enfin en réprimant un geste de colère.

— Ce que je vous veux, mademoiselle; belle question, ma foi, répondit l'homme en essayant de sourire. Je veux toujours la même chose, ne le devinez-vous pas ?... Je veux ce que je voulais hier, c'est-à-dire que vous m'aimiez.

Rachel recula d'un pas.

— Faut-il donc vous répéter que je vous hais ! dit-elle.

Cette explosion parut produire l'effet contraire de ce qu'on en attendait.

— Inutile de dous donner cette peine, mademoiselle ; ma mémoire est excellente, Dieu merci ; je suis on ne peut plus heureux de vous inspirer de la haine...

— Ah !

— C'est comme je vous le dis. Ignorez-vous donc que les extrêmes se touchent, Rachel ?

— Monsieur ! je vous défends...

— Or, si les extrêmes se touchent, continua l'autre imperturbablement, de la haine à l'amour il n'y a que l'épaisseur d'un cheveu tout au plus.

— Alors, ce cheveu est de belle taille ! et sera toujours entre nous l'obstacle infranchissable, car il a un nom...

— Lequel ?

— Un nom bien fait pour vous.

— Dites toujours ?

— Le mépris, monsieur le baron Therme de Paray ! lança sur un ton glacial la jeune fille en s'éloignant la tête haute.

Le baron Therme — car c'était bien lui en effet, — blémit sous l'insulte et fut sur le point de s'élancer comme un fauve sur Rachel, mais il se contint.

Ce n'était point là le premier entretien que le baron avait avec Rachel ; bien mieux, en voyant accepter l'hommage du vicomte et faire les préparatifs du prochain mariage, il pouvait, à bon droit, se considérer comme lésé, puisqu'il était le premier prétendant en date, le seul éconduit, il est vrai.

A la fin de l'année précédente, il avait déjà placé ses batteries et commencé le siège de cette place facile à réduire, puisqu'on demandait un titre de noblesse et qu'il était seul à l'offrir. Mais il s'était heurté contre un obstacle imprévu : Mlle Boisdru le haïssait d'une haine mortelle.

En d'autres temps, le baron se fût passablement moqué de cette pimbêche, vers laquelle il ne se sentait porté par aucun bon sentiment. Mais sa ruine étant menaçante, il lui fallait à tout prix redorer son blason, ce qu'il ne pouvait espérer faire à son âge qu'avec la dot d'une toquée de la particule comme Rachel.

Lorsqu'il apprit qu'un autre compétiteur s'était présenté, venant lui faucher l'herbe sous les pieds, il multiplia les rares occasions où il pouvait rencontrer la jeune fille seule, protestant de son sincère amour et faisant des gorges chaudes sur la manie trop connue du vicomte qu'il avait surnommé l'« épousseteur de sièges capitonnés ».

Par malheur, ses protestations pas plus que ses railleries n'eurent le don de faire revenir l'altière jeune fille et nous venons de voir la façon dont elle avait répondu à la dernière tentative.

Cette haine féroce venait d'une blessure faite à sa vanité.

Un soir de réception chez son père, comme les invités s'amusaient à passer en revue les danseuses, le nom de Rachel ayant été prononcé, tous, à l'exception du baron, la déclarèrent charmante.

— Et vous, baron, qu'en pensez-vous ? lui demanda-t-on.

— Ce que je pense de Mlle Boisdru ?

— Oui.

— Mon Dieu, messieurs, répondit-il, peu de chose en vérité. Je trouve cette demoiselle parfaite, en tant que modèle d'enfant gâté; mais...

— Mais ?...

Pour en faire une demoiselle charmante, il faudrait qu'elle fût corrigée... et c'est avec le fouet qu'on corrige les enfants.

Les braves amies sont faites pour ne point laisser de tels propos se perdre. L'une d'elles fit connaître à Rachel l'appréciation du baron et celle-ci en fut d'autant plus irritée que, dans le monde, le vieux gentilhomme était considéré comme un arbitre souverain et que beaucoup parmi ceux qui l'entouraient non seulement copiaient ses gestes et ses allures, mais encore répétaient ses paroles.

Après avoir reçu en frémissant la dernière insulte de Rachel Boisdru, le baron Therme de Paray murmura :

— Eh bien ! malédiction sur elle... malheur sur lui !... Il ne sera pas dit que je me laisserai barrer la route par un maniaque et une sotte... Ah ! M. le vicomte, vous avez eu grand tort d'abandonner votre château de Bernières où vous viviez en pacha... retirez-vous, il en est encore temps... Mais, non, cette petite pimbêche qui m'en veut de l'avoir percée à jour, choisit justement celui par lequel elle sera le mieux corrigée d'après mon principe..... Tant pis pour eux ! Et moi qui avais la naïveté d'hésiter...

— Vous aviez la naïveté d'hésiter à quoi faire, mon cher baron ? demanda Me Falateuf, le notaire qui était entré sur ces derniers mots dans le petit salon, toujours accompagné de son ombre inévitable, le duc de Maisoncelles.

— Mais à venir ici, dit le baron, et je m'en fus repenti ma vie durant, puisque je n'aurais peut-être pas eu le plaisir de faire votre connaissance, messieurs.

— Parfait, baron, approuva le vieux duc; on n'était pas plus régence à la cour.

— Voyez donc, interrompit maître Falateuf, voyez donc ce qui se passe là-bas. Ne dirait-on pas que la Daltès fait la cour au savant docteur Veshumyd ?

Therme de Paray leva les yeux.

Emilia Daltès causait en effet avec le médecin, mais semblait douloureusement affectée de ce qu'il lui disait.

— Docteur, murmurait-elle, à Venise, lorsque j'étais toute petite, je connaissais déjà votre nom, que l'on citait comme celui d'un des bienfaiteurs de l'humanité... Depuis mon arrivée à Paris, j'ai bien des fois désiré me rencontrer avec vous... Êtes-vous marié, docteur ?

— Non, mademoiselle, et je ne me marierai jamais.

La fin de cette réponse parut désespérer Emilia.

— Pourquoi ? demanda-t-elle.

— Oh ! pour plusieurs raisons, mademoiselle. D'abord, parce qu'à défaut de la science qu'on m'accorde bien à tort, l'étude est une passion jalouse. Secondement, parce qu'en me donnant au plaisir, je croirais voler aux malades mon temps qui leur est dû intégralement. Enfin, parce que, sans fatuité aucune, j'ai de beaucoup passé l'âge ou l'on enchaîne une compagne à sa vie.

— Quel âge avez-vous donc ?

— Quarante-cinq ans... J'en parais bien davantage, n'est-ce pas ?

— Oh ! docteur !

La Daltès n'osa point dire ce qu'elle pensait. Sa poitrine se gonfla, laissant échapper un soupir de tristesse, et elle prit le bras du docteur pour s'approcher du piano devant lequel se trouvait déjà un accompagnateur.

Le pianiste, une partition de *Faust* ouverte devant lui, entamait le prélude de la « Coupe du roi de Thulé », lorsque la Daltès lui ayant parlé tout bas, il s'arrêta net.

La romance de *Mignon*, acte I, scène IV, avait dit la cantatrice.

Et, dans le grand silence qui se fit aussitôt parmi l'assistance, elle entama la plaintive et touchante chanson de Mignon, la pauvre exilée :

Connais-tu le pays?...

En poursuivant cet air adorable, dont chaque note exprime une angoisse, un regret, une souffrance, Emilia Daltès fit, des yeux, le tour du salon et arrêta son regard sur le docteur. Alors sa voix, habituellement chaude et vibrante s'adoucit jusqu'au murmure, faisant entrer dans tous les cœurs la suave tendresse et l'immense amertume dont débordait son chant :

Hélas ! que ne puis-je te suivre
Vers ce rivage heureux d'où le sort m'exila !
C'est là que je voudrais vivre.
Aimer et mourir ! — C'est là !

Ces deux derniers vers avaient pris une expression si déchirante en passant par ses lèvres que les plus sceptiques sentirent quelque chose remuer dans leur poitrine, et M. Fortuné Boisdru lui-même ne put cacher son émotion.

Elle avait lancé la note dernière comme un cri suprême, puis, redescendant la gamme avec le second couplet, elle retarda, à dessein, le mouvement et laissa tomber la finale comme la plainte d'un désespéré.

On n'eût su dire, en vérité, si le docteur Veshumyd était plus joyeux que courroucé d'avoir servi de but au regard de la Daltès. Il allait donner le signal des applaudissements, lorsque, dans le silence que troublaient seuls les derniers accords du pianiste une voix grave que tous entendirent, s'éleva disant :

— Rachel, votre fiancé sera mort dans dans vingt-quatre heures !

Mlle Boisdru pâle comme une statue se dressa toute droite, et montrant de son bras tendu la porte du petit salon :

— Là ! dit-elle. La voix est sortie de là !

Puis elle retomba inerte entre les bras du vicomte Angel, qui s'était élancé pour la soutenir.

Un brouhaha indescriptible s'en suivit. Tandis que les dames et le docteur s'occupaient à délacer Rachel évanouie, et à lui faire respirer des sels, M. Fortuné s'armant de courage, se précipitait avec le vieux duc de Maisoncelles et maître Falateuf vers la porte du petit salon.

Comme ils y parvenaient, le baron Therme de Paray en sortit.

— Le petit salon est vide, fit-il avec calme ; il nous faut chercher ailleurs, messieurs.

— Mais, comment étiez-vous dans ce salon, vous, baron ? demanda maître Falateuf avec surprise.

— Oui, appuya le vieux duc, baron, comment y étiez-vous ?

— Eh ! messieurs, pour la même raison qui allait vous y faire entrer. Me trouvant le plus proche du seuil au moment où ont retenti les sinistres paroles que vous avez entendues, j'ai été le premier à le franchir pour découvrir leur lugubre auteur, un farceur ou un criminel ; mais mes recherches sont demeurées vaines et je n'ai rien pu dénicher ni sous les tables de jeu, ni derrière les divans.

— C'est que l'individu se sera échappé par la porte du fond, dit maître Falateuf.

— Qui donne, sans doute, sur l'escalier de service, risqua le duc.

— Non, c'est l'entrée de l'appartement particulier de ma fille, rectifia M. Boisdru. Mais venez avec moi; il n'existe pas d'autre issue, nous le pincerons là.

Et les trois hommes s'éloignèrent — sans plus s'occuper du baron, sur les lèvres duquel courait un ironique et mauvais sourire.

Il s'approcha de la cantatrice qui, restée seule près du piano, s'appuyait d'un geste gracieux sur le clavier et semblait rêver.

— Mademoiselle, lui dit-il sans préambule, vous aimez le docteur Veslhumyd.

— Que vous importe ? répondit avec hauteur la diva.

— Il m'importe beaucoup, mademoiselle, et vous m'écouterez plus volontiers lorsque vous saurez que je viens vous proposer une alliance de laquelle dépendront votre bonheur et le mien... J'aime Rachel Boisdru et Rachel Boisdru me hait assez pour me préférer un homme qu'elle n'aime pas.

Vous, mademoiselle, vous adorez le docteur

Veshumyd, mais le docteur Veshumyd ne peut vous aimer, parce que, comme il vous l'a dit lui même, la science est jalouse et n'admet point de partage...

— Qui êtes-vous donc, monsieur, pour savoir cela ?

— Je suis le baron Therme de Paray, mademoiselle, et je sais beaucoup d'autres choses, comme vous pourrez en juger. Je sais que mon amour est capable de vaincre la haine; je sais que votre talent et votre beauté sont capables de remporter une victoire sur la science, et je sais que vous me ferez la faveur de m'accorder un entretien.

— Ah ! et à quel sujet, cet entretien ?

— Au sujet d'un pauvre fou de savant qui a l'insigne incurie de préférer la gloire, une maîtresse inconstante, à Lia Daltès, la perle de Venise.

— Vous me savez Vénitienne ?... D'où me connaissez-vous ?

— Si vous voulez bien m'accordez l'entrevue demandée, je vous le dirai.

Emilia hésita un moment.

— Soit ! dit-elle enfin, venez me voir demain, à dix heures, place Malesherbes.

Fortuné Boisdru, le duc de Maisoncelles et le notaire revenaient bredouilles de leur excursion. A leur profonde stupéfaction, ils n'avaient rien pu découvrir de suspect.

Rachel venait de reprendre ses sens, mais sa syncope et surtout la terrible migraine qu'elle avait provoquée ne laissaient plus aucune place à la gaîté, et la soirée se terminait brusquement, avant le bal, au grand désespoir de quelques femmes dont ce malheureux contre-temps faisait manquer la valse promise et rendait inutile la toilette rêvée huit jours à l'avance.

Comme Emilia Daltès allait se retirer, M. Boisdru. désormais rassuré sur l'état de sa fille, s'avança vers la cantatrice et lui offrit gauchement une rose dont la tige épineuse était entourée de trois billets de mille francs.

— Merci, fit la cantatrice en dégageant la rose de son enveloppe.

Et souriante, elle ajouta :

— La fleur me suffit, cher monsieur, vous donnerez le reste aux pauvres.

— Superbe et généreuse, murmura le vicomte Angel ; c'est une grande dame !

— Une grande dame comme on n'en voyait qu'à la cour ! ajouta plein de respect le vieux duc de Maisoncelles, auquel revenait de droit l'idée galante de la rose.

Emilia était déjà loin que M. Boisdru hébété, ahuri, restait encore cloué sur place, ne pouvant en croire ses oreilles.

Vexé peut-être un peu, mais surtout satisfait de conserver cette somme, il allait la remettre dans sa poche, lorsque sa fille, tout à fait remise, s'approcha et lui prit les billets d'entre les mains.

— Trois mille francs ! dit-elle, pour les pauvres !... On voit bien que l'argent leur coûte peu, à ces femmes !

Et, prestement, elle fit disparaître les trois billets soyeux dans son corsage.

— Ah ! s'écria le père Fortuné avec une admiration réelle, tu as le sang de Boisdru, toi.

XI

Black-mid

Emilia Daltès occupait, place Malesherbes, un hôtel de grand air, mais construit de façon bizarre.

A part la porte d'entrée, qui elle même, était fort étroite, toute la partie de la construction donnant sur la place n'avait pas une seule ouverture jusqu'à la hauteur du second étage. Or, on causait beaucoup dans le quartier des mystères probables que ces hautes murailles étaient chargées de céler aux yeux du vulgaire et plusieurs commères ne se gênaient pas pour traiter de sorcière celle que l'on connaissait plus communément sous le nom de la bohémienne — tous les gens du midi étant classés sous ce nom par le bas peuple qui n'admet aucune distinction entre les hommes ou les femmes dont la peau est ambrée.

La rue voisine longeait un long mur percé d'une porte cochère qui donnait accès dans le grand jardin de l'hôtel, et une large allée sablée, partant de cette porte, venait aboutir en demi-lune devant le perron à double révolution.

Si la façade extérieure de l'hôtel, par ses proportions hautaines et dissimulées, faisait penser au château de Tiffauges et rappelait les châteaux du moyen-âge, la façade donnant sur le jardin avait un tout autre air et copiait les palais enchantés qui mirent leur blancheur dans la mer bleue, à Naples.

Au surplus, l'intérieur rachetait tout ce que l'extérieur pouvait avoir de désagréable ou de disgracieux.

Si la Daltès avait acheté hôtel et terrain six cent mille francs on ne pouvait pas évaluer tous les objets d'art qu'elle possédait à moins de deux millions. Seule sa galerie où s'entassaient tableaux, bronzes et marbres se fût vendue plus des deux tiers de cette somme et Mosès Aaron, le vieux revendeur, juif qui était né quelque part par là de l'autre côté de la Sarre, disait en se frottant béatement l'une contre l'autre ses deux mains parcheminées.

— Frai ! che gtois que che bourrai vaire un pon avaire gand la matame Taldès sera sur la baille !

— Et chaque jour il s'informait des « avaires « de la » crante gandadrice » qui, à son immense désespoir ne semblaient pas vouloir péricliter. Elle n'était pas encore prête de choir sur la « baille ».

Emilia Daltès n'avait pas attendu son engagement à l'Opéra et n'avait pas même escompté ses futurs succès pour acheter cet hôtel remarquable.

Le lendemain de son arrivée à Paris, sur l'indication de Lugano, son intendant, elle était venue le visiter, et le soir même, elle versait le prix intégral entre les mains du notaire.

Huit jours après, elle s'installait dans son hôtel complètement meublé.

Ces huit jours avaient été employés par Lugano à parcourir les expositions, les magasins de curiosités, les ateliers d'artistes en renom. Il avait acheté des masses de choses en payant tout comptant.

Ce Lugano était une sorte de grand gaillard aux

cheveux crépus, au teint basanné et qui portait une tête intelligente autant que fine, sur des épaules d'hercule.

Il était encore tout jeune, vingt-six ou vingt-huit ans peut-être, et dans l'intimité, quand personne n'était à portée de l'entendre, il appelait Emilia : « Petite sœur ».

Quoique la Daltès ne fut ni sorcière ni bohémienne, la superstition occupait, en bonne place un des côtés de son cerveau. Cette femme si intelligente, ne pouvait s'empêcher de croire aux prédictions obtenues par des sortilèges enfantins comme elle en avait vu pratiquer dans son enfance et comme elle les pratiquait elle-même.

Une grande partie de l'hôtel — justement celle qui confinait à la place Malesherbes, — était occupée par une pièce immense, haute de deux étages et que pas une seule ouverture visible ne devait éclairer ou aérer.

Cette pièce où personne ne pénétrait jamais à l'exception de la maîtresse de la maison et de Lugano, son intendant, communiquait à la chambre à coucher de la Daltès par une porte en chœur de chêne a unique battant plein et d'une telle épaisseur qu'elle eût défié l'artillerie.

A cette porte on ne voyait ni gonds ni serrure. Le ressort secret qui la faisait manœuvrer était dissimulé sous l'un des clous à tête d'argent qui au nombre d'un millier environ, figuraient des dessins bizarres sur toute sa surface.

Comme on le voit, ce secret valait, pour le moins, les combinaisons de nos coffres-forts, et le curieux aurait pu exercer sa patience pendant longtemps avant de découvrir l'unique tête dans laquelle se cachait le ressort. D'ailleurs, cette tête écartée, comme s'écartent les couvre-trous de nos serrures, l'intrus n'eût pas été beaucoup plus avancé que devant. Sous la tête d'argent se trouvait une petite pointe de métal qu'on pouvait à son gré tirer à droite, à gauche, en avant, en arrière, ou même frapper du marteau, sans obtenir d'autre résultat qu'une personnelle fatigue.

Par exemple, si l'on s'était avisé de la toucher avec le moindre objet en cuivre, instantanément, sans bruit, sans frottement on eût vu le lourd battant se mettre en mouvement et disparaître bientôt en haut, dans l'épaisseur de la muraille.

Le ressort était électrique et la porte à guillotine.

En pénétrant dans la salle obscure, un Vénitien se fut senti frémir. A Venise, le grand deuil des gens riches se porte en rouge ; cette pièce ressemblait à l'avant-dernière demeure d'un mort de condition.

Un épais tapis rouge étouffait le bruit des pas. Les quatre murailles et le plafond étaient tendus de velours rouge. Du centre du plafond descendait un lustre énorme à unique combustion électrique — genre lampe soleil — dont le foyer était enveloppé d'un large globe rouge.

Sous cette lampe une grande table rectangulaire était également revêtue d'un tapis de velours rouge et supportait, en son milieu, une sorte de coffret habillé de même.

Enfin et pour terminer cette description, un large divan, de velours rouge comme le reste, courait tout autour de la table.

Sur les tentures des murailles et du plafond, sur les tapis du parquet et de la table, sur le coffret, le le divan, des fleurs d'argent étaient brodées.

L'ensemble était sinistre et on s'étonnait de ne pas voir un cercueil exposé sur la table. Dans cette pièce spacieuse, les bruits du dehors ne pénétraient pas plus que le jour ou que l'air, c'était l'antre du silence et de l'ombre. L'idée vous venait que ce devait être aussi le temple d'une mystérieuse divinité

Ah ! que de bons coups de langue eussent été donnés, si les commères du quartier avaient pu soupçonner derrière les hautes murailles sans fenêtres l'existence de cette chambre rouge ! Mais l'ignorance des domestiques de la Daltès les rendait discrets. et Lugano, qui était un homme de confiance, ne disait jamais que ce qu'il voulait bien dire.

En rentrant chez elle, ce soir-là, Emilia Daltès dit à Lugano avant de franchir le seuil de sa chambre :

— Demain matin, un étranger doit venir à dix heures ; tu me feras réveiller à neuf heures... Veille maintenant à ce que personne ne vienne me déranger... Je veux consulter Black-Mid.

Au bout de quelques minutes, après avoir procédé à une toilette que nous allons décrire, Emilia s'approcha de la porte de chêne, toucha la tige de métal avec une bague de cuivre qu'elle venait de se passer au doigt et franchit le seuil de la chambre rouge, en faisant retomber la guillotine derrière elle.

Dès que la porte toucha terre, la lampe-soleil s'alluma comme par magie. Alors la Daltès apparut, méconnaissable.

Dans ses longs cheveux crépés qui retombaient en flots sur ses épaules, couraient deux ou trois rangs de sequins en or. Un petit vestaquin espagnol en velours noir rejoignait ses deux pans à hauteur de ses seins. Sous cette courte veste tombait une chemisette transparente d'organdi qui se perdait elle-même dans une écharpe de soie noire dont les larges plis, s'enroulant autour des hanches et retenues par une cordelière d'argent, descendaient jusqu'aux environs des chevilles, caressant les babouches noires qui recouvraient les pieds nus.

C'était le costume des danseuses du sérail, mais le costume authentique et tel que la municipalité parisienne a cru devoir l'interdire pour raison de bonnes mœurs, aux danseuses de la dernière exposition.

A part des bracelets en argent aux chevilles, aux poignets et en haut des bras, Emilia n'avait rien autre chose pour compléter le costume que nous venons de décrire. Sous la chemisette on voyait transparaître sa chair, et l'écharpe qui recouvrait ses anches n'ayant point de couture, flottait au moindre mouvement.

On aurait cru voir Esméralda revenue sur terre, mais une Esméralda étrange et comme éclairée par les flammes de l'enfer, car la lampe-soleil, dont le globe ensanglantait tout, jetait de la pourpre sur sa peau tendre et, depuis la tête jusqu'aux pieds, elle était rouge ; sa figure, sa gorge, ses bras, son ventre et ses chevilles, tous les coins que ne dérobaient ni la soie ni le velours noir étaient rouges. Sa propre pudeur était sauvegardée, elle ne pouvait se reconnaître dans cet éclairage qui donnait l'illusion du maillot.

Cependant, les couleurs n'enlevaient rien à la pureté de ses traits, à la perfection de ses formes, sous son costume bizarre, la Daltès était étrangement belle. Méphistophélès n'aurait pu souhaiter une plus jolie diablesse pour compagne. C'était bien là la prêtresse du temple de pourpre dont nous ne connaissons pas encore l'idole ou l'oracle.

Emilia s'avança lentement vers la table et, à chaque pas, un coin de sa jambe fine sortait d'entre les plis de l'écharpe. Arrivée près du divan, elle s'assit ; alors, allongeant les bras, elle atteignit le petit coffret de velours et l'ouvrit.

Ses lèvres se serrèrent, produisant un léger sifflement et elle prononça à mi-voix :

— Venez Black-Mid.

L'intérieur du coffret s'agita, et bientôt parut la tête, puis le corps d'une petite vipère noire, au ventre jaune, ce qui lui avait valu son nom de Black-Mid (moitié sombre).

Black-Mid mit d'abord sa petite tête sur le bord du coffret, dardant ses yeux clairs sur les yeux de la Daltès. Elle hésitait visiblement à sortir de la boîte où elle se trouvait bien, mais, se décidant enfin, elle glissa lentement, gagna le bras tendu de la cantatrice, et finalement alla s'enrouler autour de son cou.

Alors, plongeant sa main dans le coffret qui possédait un double fond, Emilia en retira un jeu de cartes qu'elles se mit à battre. Une fois bien battu et consciencieusement coupé, le jeu fut étalé sur la table et la Daltès lui tournant le dos en sépara une carte au hasard.

Après la septième réédition de ce manège répété avec le plus grand sérieux, Emilia disposa en croix les sept cartes désignées par le sort et fit entendre à nouveau son léger sifflement. Un autre plus strident lui répondit. Black-Mid, la frileuse vipère dont la tête se chauffait sur la poitrine de la cantatrice, s'agita avec frénésie et redescendit sur la table par le même chemin, en tournant autour du bras tendu.

— Toujours le mauvais présage, murmura la

Daltès, Black-Mid est nerveuse, et son sifflement annonce le malheur !... Allons ! c'est plus fort que moi, je veux savoir !

D'un bon, se dressant sur ses pieds, la Vénitienne se prit à danser un pas Egyptien en s'accompagnant d'un air presque sinistre qui, lent au début, devenait plus pressé en même temps que sa danse plus rapide.

Elle disait :

Serpent, démon, monstre qui perdit l'homme
Dieu t'a laissé chez nous pour avertir
Les malheureux que le vol d'une pomme
Condamne à naître, à penser, à mourir !...
Allons, Black-Mid, allons, dis l'avenir !

Vil tentateur, regarde je suis femme.
Celle qui doit toujours te haïr :
Mais je fais mieux, triste instrument sans âme.
Je commande et tu ne peux plus trahir...
Allons, Black-Mid, va, dis moi l'avenir !

Elle s'arrêta net, sa danse prenant fin en même temps que son chant, et sa légère écharpe de soie tournoyait encore autour d'elle que déjà, immobile, dans une pose de statue, la respiration contenue, la poitrine calme, de son bras tendu elle désignait les cartes à la vipère, avec un geste de commandement.

Dressée sur sa queue, Black-Mid se balançait, toujours bercée par la mélodieuse voix de sa maîtresse dont les sons allaient s'éteignant.

Lorsque la dernière vibration cessa de résonner, Black-Mid retomba, rampant autour de la croix formée par les sept cartes. Trois fois elle s'arrêta et trois fois ses dents lacérèrent un carton. Puis, satisfaite de son travail et sa promenade étant terminée sans doute, elle regagna lentement son coffret.

Sans la rougeur du globe qui déteignait sur sa peau fine, on aurait pu voir pâlir la Daltès. Peut-être avait-elle froid sous son léger costume, car un frémissement courut sur son corps.

— Impossible ! fit-elle à mi-voix, c'est impossible !

Elle prit les trois cartes lacérées et les contempla longuement.

Il y avait là l'as de pique, la dame de cœur et le valet de cœur.

— Impossible ! continua la Daltès. Si je recommençais l'épreuve ?

La petite tête de Black-Mid se souleva sur le rebord du coffret.

— Bah ! reprit Emilia, à quoi bon ?... On n'évite pas son sort... Je mourrai vierge !

Elle referma le coffret et regagna la porte.

Au moment où l'énorme panneau de chêne quittait le sol, la lampe-soleil s'éteignit brusquement. Les fils électriques étaient disposés de telle sorte que la porte de chêne fermait les courants en s'ouvrant et les ouvrait en se fermant. De cette façon la chambre rouge était toujours illuminée.

....

Le lendemain matin, comme Emilia Daltès achevait sa toilette, Lugano entrait dans sa chambre.

Le brave garçon semblait sous le coup d'une profonde émotion ; il en avait oublié de frapper à la porte.

— Qu'as-tu, Lugano ? fit Emilia sans songer à lui adresser un reproche.

— Lia ! Lia ! répondit-il avec feu, renvoie cet homme, ne le reçois pas...

— Quel homme ?

— Le baron Therme de Paray...

— Ah! il est arrivé; c'est lui que j'attendais...

— Que tu attendais?... Prends garde, Lia, cet homme te portera malheur!

— Tu le connais donc?

— Oui... Ecoute-moi... Black-Mid a dû te le dire hier...

— C'est vrai, Black-Mid a dit comme toi, mais on ne va pas contre sa destinée, et d'ailleurs, cette nuit, j'ai vu ma mère.

— Ta mère? la morte!

— Elle s'est assise sur le bord de mon lit, continuait la Daltès, m'a longtemps regardée, puis m'enlaçant dans ses bras, elle posa ses lèvres sur mon front.

« Vous avez quelque chose à me dire, ma mère? lui demandai-je.

— Et? fit Lugano haletant.

— Et elle me répondit ceci :

« Tu es sous le coup d'un malheur, ma fille, d'un malheur que tu ne pourras malheureusement pas éviter... Sois forte, je ne serai pas là pour essuyer tes larmes, car Dieu le veut ainsi, ma bien-aimée... Sois forte, le vrai sourire est inconnu sur terre... Tu ne connaîtras pas le vrai bonheur, mais tu en auras le mirage par celui que tu feras naître pour les autres... Après cela, songe à l'éternité! bien des fleurs se dessèchent sur leur tige avant d'éclore... La seule, la suprême consolation que je puisse te laisser, c'est l'espérance d'une vie meilleure. »

« Alors, plongeant une dernière fois ses doux et bons yeux dans les miens, elle me baisa et disparut.

Lugano restait pétrifié. Ces chimères, cette divagation, il comprenait tout cela, lui, et croyait.

— Tu le vois, reprit la Daltès, pourquoi me raidirais-je contre la destinée ? Ce serait folie de vouloir combattre le sort...

« On ne peut rayer de sa vie ce qui est écrit sur le livre des destins... L'homme qui est là, m'est sûrement envoyé par le maître de toutes choses. — Qui pourrait dire s'il n'est pas l'espérance ?

« Va, Lugano, et fais-le entrer...

Lugano était fataliste, peut-être autant que sa « petite sœur ». Il n'osa rien répliquer et sortit en chancelant.

XII

Deux histoires d'amour

Quelques instants après, le baron Therme de Paray pénétrait dans le boudoir où l'attendait la cantatrice.

— Il paraît, dit-il en saluant la jeune femme d'un sourire où le respect et l'ironie se mêlaient à doses égales; il paraît que Black-Mid n'est pas pour moi.

Emilia avait tressauté au nom de Black-Mid.

— Qui a pu vous révéler cela? demanda-t-elle avec méfiance.

— Qui! Vous voulez savoir qui? répondit le baron en la fixant dans les yeux. Eh bien! Lia, c'est votre mère!

Dans son ahurissement de voir cet étranger lui parler de sa mère qu'elle venait d'évoquer, la Daltès eut peur pour la première fois de sa vie, et se dit en elle-même : « Lui, c'est le malheur! il est bien tel que je le croyais voir!... On ne doit pas combattre son destin! »

— Ma mère! fit-elle plus haut; ma mère! Elle vous est donc apparue aussi?

— A quoi bon! répliqua le baron en haussant imperceptiblement les épaules. Votre mère ne m'est pas apparue, pour la bonne raison qu'elle n'avait rien à m'apprendre... Mais je sais qu'en mourant elle vous a légué toute sa science...

Comme la jeune femme restait muette, il poursuivit :

— Ne vous souvenez-vous pas que, quelques heures avant d'expirer, elle a fait exactement le même manège que vous hier au soir? Elle a consulté Black-Mid.

— Comment savez-vous cela? fit la Daltès.

— Malheureusement, continua le baron sans répondre, Black-Mid n'est bon devin que pour les autres; il ne faut jamais le consulter sur soi-même si l'on veut garder quelque espoir... Votre mère n'a pas dû vous annoncer grand'chose de bon, et sa seule consolation a dû consister à vous exhorter au courage dans l'adversité, car la souffrance est faite pour tous les humains, et ceux qui possèdent richesse, gloire et beauté ne sont pas à l'abri des peines de cœur...

— Ah! s'écria la Daltès dont le sein haletait, c'est bien là le sens des dernières paroles de ma mère... Mais est-ce donc pour me rappeler cela que vous êtes venu?

— Non, Lia, non. Je suis venu pour vous dire : de deux faiblesses on fait une force; je suis venu pour vous consoler.

Quoique cet homme ne fût pour elle qu'un inconnu de la veille, la Daltès ne se révolta pas contre la familiarité avec laquelle il se permettait de la nommer Lia. Son esprit était aux prises avec trop de choses graves pour attacher une importance quelconque à cette prise de possession amicale.

— Parmi toutes les passions qui nous agitent, reprit le baron sur un ton sentencieux, il n'en est qu'une qui soit véritablement noble et grande.

« Semblable à Protée, elle revêt des formes multiples, afin de mieux nous enlacer. D'un faible, elle fait un fort, d'un craintif un être courageux, d'un impertinent un timide; elle rajeunit les vieillards et vieillit l'enfant. Elle brise tous les obstacles, escalade toutes les hauteurs, rayonne sur le vieux comme sur le nouveau monde, embrasse toutes les classes de la société, régissant la nature entière.

« Aujourd'hui, cette passion nous transportera en paradis pour nous précipiter demain en enfer. C'est la vie et la mort, la joie et la douleur. Elle soulève la lourde pierre des tombes et découvre le cercueil où gît inanimé celui ou celle qu'on adorait.

« Tout dans la nature la subit et l'écoute : le vieillard et l'enfant, le riche et le pauvre, l'arbre et le brin d'herbe, l'éléphant et l'insecte, et, comme Dieu, elle engendre des monstres ou des anges.

« Par elle vient la jalousie qui affole.

« Or, savez-vous qu'il existe des femmes nerveuses tellement jalouses qu'elles torturent sans cesse et inconsciemment ceux qu'elles aiment.

« Cette passion étrange, tout à la fois douce et féroce; cette passion, Emilia, c'est l'amour, l'amour que vous ignoriez encore il y a quelques jours et qui vous domine aujourd'hui.

« Certes, ajouta le baron Therme, votre mère n'avait nul besoin de Black-Mid et des cartes pour vous prédire qu'un jour votre cœur parlerait et vous ferait souffrir, c'est la loi fatale; quant à la richesse et au talent, elle n'ignorait pas que, grâce à moi, vous vous procureriez l'une par l'autre...

— Comment, demanda la Daltès, c'est à vous que je dois...

— La révélation de votre talent et, par conséquent, votre fortune.

Lorsque le baron avait parlé d'amour, Emilia avait été sur le point de se fâcher, parce qu'il en est de l'amour comme de la poudre brillante dont sont saturées les ailes des papillons, le moindre attouchement ternit les unes et déflore l'autre. La péroraison inattendue de son interlocuteur la fit se contenir.

FIN DU TOME PREMIER

COLLECTION A.-L. GUYOT

PARIS. — 6 et 8, rue Duguay-Trouin, 6 et 8. — PARIS

ŒUVRES DE PAUL FÉVAL

Le Fils du Diable .... 2 vol.
Les Marchands d'Argent .... 2 vol.
Les Trois Hommes Rouges .... 2 vol.
La Vengeance de Bluthaupt .... 2 vol.
Ceux qui aiment .... 1 vol.
Haine de races .... 1 vol
Le Cavalier Fortune .... 2 vol.
Chizac-le-Riche .... 2 vol.
Le Vulnéraire du Docteur Thomas .... 1 vol.
Les Parents Terribles : Les Chenilles du ménage...... 1 vol.
— Enfin seuls ! .... 1 vol.

ŒUVRES DE PAUL FÉVAL FILS

Le Loup Rouge .... 2 vol.
Le Testament à Surprises .... 1 vol.
Le Faux-Frère .... 2 vol.
Histoires d'Outre-Tombe : Une Soirée chez la Marquise. 1 vol.
— Le Judas Breton .... 1 vol.
— Le Bouquet du Moribond... 1 vol.
Les Amours du Docteur : Tuteur infâme .... 1 vol.
— Vierge-mère .... 1 vol.
Les Bandits de Londres : L'Œil de diamant .... 1 vol.
— La belle Indienne .... 1 vol.
— Trois Policiers .... 1 vol.
Un Notaire embêté .... 1 vol.

Chez tous les libraires : 0 fr. 20. — Franco-poste : 0 fr 25

ALGÉRIE, COLONIES ET ÉTRANGER : 25 CENTIMES (Port en plus)

www.ingramcontent.com/pod-product-compliance
Ingram Content Group UK Ltd.
Pitfield, Milton Keynes, MK11 3LW, UK
UKHW021503230726
13924UKWH00012B/1600